Antonio Mira de Amescua

El negro del mejor amo

Edición de Vern Williamson

Barcelona **2024**
Linkgua-ediciones.com

Créditos

Título original: El negro del mejor amo.

© 2024, Red ediciones S.L.

e-mail: info@linkgua.com

Diseño de cubierta: Michel Mallard.

ISBN tapa dura: 978-84-1126-271-2.
ISBN rústica: 978-84-96290-88-4.
ISBN ebook: 978-84-9897-243-6.

Sumario

Brevísima presentación

La vida

Antonio Mira de Amescua (Guadix, Granada, c. 1574-1644). España.
De familia noble, estudió teología en Guadix y Granada, mezclando su sacerdocio con su dedicación a la literatura. Estuvo en Nápoles al servicio del conde de Lemos y luego vivió en Madrid, donde participó en justas poéticas y fiestas cortesanas.

La imagen del negro

En sus inicios el comercio de esclavos tenía como principal objetivo España y no las colonias americanas. Este hecho influyó en la aparición de lo que casi podría ser considerado un género literario: la vida de los negros fuera de África.

El mito del hombre negro que sirve en los ejércitos de Occidente tiene su principal referencia en Otelo. Sin embargo, la literatura en castellano tiene numerosas variantes de este tema en obras como El santo negro Rosambuco, de Lope de Vega, y El negro del mejor amo.

Asimismo la pieza El valiente negro de Flandes, de Andrés de Claramonte, es otro ejemplo de este tipo de literatura. En ella Juan de Mérida, el héroe negro, se distingue por sus servicios al duque de Alba durante las guerras de Flandes; llega a alcanzar el rango de general y adquiere títulos nobiliarios.

Personajes

Catalina, criada negra
Celio, vejete
Don Pedro Portocarrero
Dos corsarios turcos
Dos criados
El conde César
Estrella, dama
Laura, dama
Mortero, gracioso
Rosambuco, turco
San Francisco de Asís
Un Alcaide de la cárcel
Un Guardián
Un Niño
Una Estatua de Benedicto Esforcia
Vilhán, gracioso

Jornada primera

(Salen el Guardián y don Pedro.)

Guardián   Famoso Portocarrero,
                           supuesto que en esta casa,
                           que siendo de San Francisco,
                           Jesús del Monte se llama,
                           adonde estáis retraído,   5
                           os damos de buena gana
                           seguridad a la vida,
                           ¿no fuera cosa acertada,
                           que nos diéramos en ella
                           también la quietud del alma?   10
                           Vos tenéis enemistad,
                           según la razón humana,
                           justa con el conde César
                           porque violenta la espada
                           le dio muerte a vuestro hermano 15
                           riñendo. Fue la desgracia
                           de vuestro hermano, mas una
                           de aquestas noches pasadas,
                           vos a un primo, y a un hermano
                           del conde, de una trabada   20
                           pendencia, disteis la muerte.
                           Bastante es para venganza;
                           la pasión temple el enojo;
                           obre la piedad cristiana.

(Dentro Rosambuco y Mortero.)

Rosambuco   ¿Por qué el bergante no va   25
                           a sacar dos cubos de agua?

Mortero	Pues el perrazo moreno,
	¿qué hace que no los saca?
Rosambuco	Pues vive Alá, si me enfado...
Mortero	¿Qué ha de hacer si se enfada? 30
Pedro	Los criados son, que riñen.
Guardián	Ésta es del demonio traza
	que nos quieren estorbar
	la plática comenzada.
Pedro	Padre, para interrumpirla 35
	mi cólera solo basta.
	El conde mató a mi hermano.
	Si él con la vida no paga,
	no hay satisfacción ninguna.
	Y no hablemos más palabra 40
	si habemos de ser amigos,
	porque está tan obstinada
	mi pasión que es mi contrario
	el que de paces me trata.
Guardián	Vuesasted, señor don Pedro, 45
	temple el enojo y la saña.
	Mire que hay una candela
	de luz tan desengañada
	allá en el fin de la vida
	que pone espanto el mirarla. 50
	Alumbre su ceguedad
	con esta funesta llama,
	y verá cómo se vuelven
	en piedades las venganzas.

10

Pedro	Padre Guardián, vive Dios,	55
	que es cosa desesperada,	
	que me ayude a bien morir	
	en juventud tan lozana.	
	Hasta que llegue la muerte	
	me faltan muchas jornadas,	60
	y una de ellas es matar	
	a este conde, que me agravia.	

Rosambuco   Limpia, pícaro, el cabello.

Mortero   Oiga el galgo como manda.

Rosambuco   Pues si esta estaca levanto...   65

Mortero   ¿Qué ha de hacer con esa estaca?

Rosambuco   ¿Qué? Romperle la cabeza.

(Dale.)

Mortero   ¡Ay!

Rosambuco   Ponte una telaraña.

Pedro   ¿Qué ruido es aquéste? ¡Hola!
                  ¡Ah, Mortero!

(Sale Mortero herido.)

Mortero   ¿Qué me mandas?   70

Pedro   ¿Quién te ha puesto de esa suerte?

Mortero	Esa morcilla quemada,
	aquel esclavo de requiem
	que el demonio trajo a casa.
	Esa tumba racional, 75
	ese cordobán con habla,
	que se le ha teñido donde
	zurra el diablo la badana.
Pedro	Pues, ¿sobre qué habéis reñido?
Mortero	Porque el galgazo se ensancha 80
	de ver que priva contigo
	y le quieres y agasajas.
	Porque al fin en la ocasión
	sabe sacar una espada
	y ser tu perro de ayuda. 85
	Y, como él dice, se traga
	hombres como caperuzas,
	y del empeño te saca.
	Y, con eso está tan vano
	que sin comedirse a nada 90
	como testamento tuyo,
	cuanto hay que hacer me la manda.
	Con lo cual, entre los dos
	la suerte está barajada,
	pues trabajo como un negro 95
	y él como blanco descansa.
Pedro	¡Ah, Rosambuco!
(Sale Rosambuco.)	
Rosambuco	¿Señor?

Pedro	¿De aqueste modo se tratan	
	tan cerca de mi presencia	
	los criados de mi casa?	100
	¿Quién atrevimiento os dio	
	para desvergüenza tanta?	

Rosambuco
Si no hubiera mirado
que es tu criado esa mandria,
¿ya no la hubiera arrojado   105
por una de esas ventanas?
Piensa el pícaro gallina
que la comida se gana
con huir de la ocasión
y traer una embajada.   110
Pues, que no es hombre de prendas,
trabaje, pesa su alma.

Mortero
Señor mío, aquéstas son
las que llaman «gratis datas».
Vuesarced peca de crudo,   115
a mí el miedo me salva.
Usted vive de su culpa,
y yo como de mi gracia.

Pedro
Pues, ¿no es razón que el trabajo
de conformidad se parta   120
entre los dos?

Rosambuco
                Dices bien,
nunca mi respeto falta
a lo justo; y así yo,
en las acciones honradas,
que piden hombres de pecho,   125

o de vergüenza en la cara,
sirvo con tanto valor
como la experiencia clara
os lo ha mostrado las veces
que os ha sacado mi espada   130
de mil honrosos peligros
con opinión tan bizarra.
Pero en oficios humildes,
donde cualquier hombre basta,
ocúpese ese lacayo   135
que no sirve para nada;
porque yo, señor don Pedro,
vive Alá, que soy alhaja
digna de un emperador
y el tenerme en vuestra casa,   140
aunque esclavo, no ha de ser
para ninguna acción baja;
que habéis de tenerme en ella
como el que a un león regala
o un tigre, que solo sirve   145
de engrandecerla o guardarla.

Guardián   Discreto es el señor negro,
                la comparación no es mala.
                Muestras da de bien nacido
                en el talle y en el habla.   150

Pedro   Pues, decidme, ¿quién sois vos?

Rosambuco   Las ocasiones pasadas
                juzgué yo que lo habían dicho;
                pero, pues ellas no hablan,
                yo os lo diré claramente.   155
                Haced todos se vayan.

Pedro	Vuestra caridad perdone que ha días que traigo gana de averiguar de este negro muchas enigmas que guarda. 160 Proseguiremos después la plática comenzada.
Guardián	Yo me voy con condición de que cumpláis la palabra.
(Vase.)	
Pedro	Vete, Mortero, a curar. 165
Mortero	Señor, si no nos iguala aquí tengo que quedarme a ser motilón. ¡Mal haya quien no lo hiciere, y adiós! Que no he de estar en tu casa 170 ni lidiar con ese perro, cara de morcilla ahumada.
(Vase.)	
Pedro	Solos habemos quedado. Háblame con confianza.
Rosambuco	Señor, puesto que mis obras 175 tan mal quién soy os declaran, escuchadlo de mis labios.
Pedro	Ya mi silencio lo aguarda.

Rosambuco   Portocarrero ilustre,
para ejemplo de cuantos me envidiaron   180
entre prodigios, al nacer divinos,
de un adusto carbón los abisinos
el cuerpo me formaron.
Si ya el alma los cielos no criaron
de fuego tan sañudo   185
que queriendo enlazar el vital nudo,
blancos, puros y bellos,
los miembros abrasó al entrar en ellos.
Mi sangre esclarecida
en los primeros siglos fue temida,   190
tiñendo sus estrenas
del rey primero en las primeras venas
que aquesta sombra oscura
que mi nobleza anochecer procura,
pálida, triste, ingrata,   195
el honor desmiente, que dilata
con puros arreboles
de mis claras hazañas muchos soles.
El día, pues, que fue mi nacimiento,
con curso natural o con violento,   200
entre muchos desmayos
en un eclipse los ardientes rayos
de esa antorcha luciente,
vieron al mediodía su occidente.
Quedó el cielo lastimado   205
de mirar eclipsado
entre un color tan ciego
del mayor corazón el mejor fuego.
Con este ardid astuto
quiso vestir su resplandor de luto   210
si no es que ya envidioso
le pareció lo negro más hermoso,

y por hacer mayor su bizarría,
quiso de mi color vestir el día
en mis tiernas niñeces,   215
supliendo el alma de mi edad dos veces.
Brioso avasallaba
el pueril escuadrón con quien jugaba
con altiva impaciencia
de no hallar en ninguno resistencia,   220
teniendo a poca gloria
reinar por elección, no por victoria.
El valor y el discurso de los años
de la razón y el brío tan extraños,
tan rudos y tan broncos,   225
que a nacer mudos se volvieran troncos.
Y hallándose el discurso tan despierto
mi valor determina
de buscar población de más doctrina
y en una embarcación mal aprestada   230
para Egipto enderezó mi jornada,
adonde a pocos días
fueron ilustres las hazañas mías.
Aquí, pues ofendido
de ver entre esta sombra oscurecido   235
mi corazón valiente,
un gitano, entre todos excelente
en el curioso, en el sutil desvelo
de investigarle su secreto al cielo
entre las hojas bellas   240
de su libro inmortal de las estrellas,
con mudas profecías
escrito halló el suceso de mis días.
Díjome: «Rosambuco, el cielo santo
en tu cuerpo un espíritu, un espanto,   245
fabricó milagroso,

que en tu muerte tendrás fin venturoso.
Entre varias naciones
han de causar asombro tus acciones,
y por tierras extrañas   250
el mar has de domar con tus hazañas;
y cuando más altivo
triunfar te mires, te hallarás cautivo.
Pero entre tanto, ten este consuelo
que ha de darte el rescate el mismo cielo.   255
Pero ante todas cosas te apercibo
que con tu estrella nunca estés esquivo,
que será con misterio
de introducirte a nuevo cautiverio;
mas será de tal modo   260
que el monarca mayor del orbe todo
se nombrará tu dueño.
Tú, gustoso y feliz en el empeño
de agradarle y servirle,
con fe tan inviolable has de asistirle,   265
que sin tener mudanza,
dichoso has de gozar de su privanza
y tanto se ha de honrar con tu persona,
que partirá contigo su corona.
Y el que te cautivó con celo santo,   270
bañado en tierno llanto
de hallarse en tan extraña maravilla,
doblará a tu sepulcro la rodilla».
Yo, pues, que en este anuncio misterioso
no menos asombrado que animoso,   275
en cuatro naves solas,
hermosa pesadumbre de las olas,
por sendas de cristal, rumbos de plata,
generoso pirata,
con alientos lozanos,   280

embarquéme en los mares africanos.
Al tiempo, pues, que con esfuerzo tanto
del cielo asombro, de la tierra espanto,
con mi temor del orbe se embaraza,
se cumplió del gitano la amenaza, 285
pues apenas mis naves y tus naves
del salobre elemento aladas aves,
cara a cara se vieron,
fuerza a fuerza embistieron
cuando bizarro te embistió mi enojo 290
de mi altiva ambición cierto despojo.
El riesgo en que estuviste
medroso allí le viste,
y aquí no has de negarle valeroso,
pues que solo venciste por dichoso; 295
puesto que un religioso franciscano,
al entrar yo en tu nave victorioso,
me detuvo furioso;
tenía en la diestra mano
de un hombre un bulto que enclavado a un leño, 300
retroceder me hizo de mi empeño
cuando por cinco puertas
que el golpe de la envidia trae abierta
me arrojó tanto fuego
que deslumbrado y ciego 305
hallé que había perdido
a un tiempo la victoria y el sentido.
Su voz me amenazaba
que otra mayor victoria le faltaba.
A Palermo cautivo me trajiste 310
dende mil veces el esfuerzo viste
que mi pecho acompaña
en una y otra valerosa hazaña;
pues siempre que a tu lado

de todos tus agravios te has vengado, 315
todos tus enemigos te han temido,
a todo te he asistido
con que mi nombre se ha extendido,
que de Palermo soy único espanto.
Y pues ya he conocido 320
que, en la desdicha, verdadera ha sido
del astrólogo fiel la profecía,
suspenso aguardo la ventura mía.

Pedro   Con lo que me has referido,
tan admirado me tienes, 325
que no sé de esos presagios
si los tema o los venere.
Mas, pues, que soy tan dichoso
que ya que quiso la suerte
que a ser esclavo llegases 330
y a mi posesión vinieses,
no pienso de aquí adelante
como cautivo tenerte;
que si a tu esfuerzo y nobleza
puedo tan seguramente 335
empresas de honor fiarlas,
desde aquí quiero que quedes
por compañero en las mías;
y supuesto que ya entiendes
el odio que contra el conde 340
en mi corazón se enciende,
desde que mató a mi hermano
y el amor que vive siempre
de su hermana en mi pasión...
de Laura digo, a quien debe 345
el aliño y la belleza,
cuando entre púrpura y nieve

en los candores del alba
se abrasa hermoso el oriente,
a que aquesta dicha logre   350
y aquella venganza acuerde,
tu valor me ha de ayudar.
Bien has visto que él defiende
su odio con tanta copia
de aliados y parientes   355
cuando forastero yo,
solo este brazo valiente
conozco de mi facción
que me defienda y me vengue
Esta noche he de robar   360
y guardar secretamente
a Laura hasta que del conde
ponga en efecto la muerte.
Luego he de partir a España
donde mis dichas se aumenten   365
ufanas con los amores
y con la venganza alegres.
¡Ea, fuerte Rosambuco,
aquí tu valor se muestre!
Porque en la imperial Madrid,   370
al primado de los reyes,
de tu valor informado,
dichoso las plantas beses
y en dilatar sus blasones
tu invencible acero empeñe,   375
y así se cumplan las glorias
que tu estrella te promete.

Rosambuco   Sin duda que así mis dichas
                   cumplirme los cielos quieren.
                   Ya tu venganza y tu amor,   380

señor, en las manos tienes.
¿Has hablado a Laura?

Pedro   Sí,
y en el ser robado viene
pero la venganza ignora.

Rosambuco   Que no la sepa conviene,   385
que la ha de estorbar sin duda;
mas, pues, tan afablemente
mis secretos has oído,
revelarte el pecho quiere
uno, el más extraordinario   390
que a mis fortunas sucede.
¿No has visto el bulto de mármol,
siempre mudo, inmóvil siempre,
que es de Benedicto Esforcia
el fundador excelente   395
de este convento e iglesia?
Pues yo no sé qué se tiene
de misterio, que al mirarle
toda el alma se suspende,
todo el corazón se hiela,   400
y este pecho, que no teme,
ni ha temido al mundo todo,
con miedo tan vehemente
le mira que sin poder
refrenarme ni vencerme   405
los cabellos me erizan,
los huesos se me estremecen
y que se mueve imagino
y que me habla parece.
Y aun solo de referirlo   410
tanto horror el alma siente,

	que vive Alá, que me corro	
	de que un pecho tan valiente	
	como el mío, a lo pueril,	
	de un agüero se sujete.	415
Pedro	Pues, ¿qué ocasión has tenido	
	de extrañarte y de temerle?	
Rosambuco	Ninguna, y como estas cosas	
	acaso nunca suceden,	
	temo que allí algún secreto	420
	guardado los cielos tienen.	
Pedro	También la imaginación	
	obrar tales cosas suele;	
	pero al fin, en la verdad,	
	sea tu tema lo que fuere,	425
	Rosambuco, lo que importa	
	es que tu valor se muestre	
	esta noche en lo tratado.	
Rosambuco	Con un escuadrón de sierpes	
	embestiré, ¡vive Alá!	430
	Si de solo aquesto pende	
	tu gusto, ya está en tu mano.	
Pedro	De mi hermana Estrella viene	
	allí la negra, y no puedo	
	a escucharla detenerme,	435
	que algún recado traerá.	
	Llega y mira lo que quiere	
	que a ver voy al Guardián	
	para que él me aconseje	
	que deje el odio del conde	440

	que en mí vive eternamente.	
Rosambuco	¿Y Estrella sabe, por dicha, que a Laura robar pretendes y matar al conde César?	
Pedro	Sí. ¿Pero en saberlo puede haber estorbo?	445
Rosambuco	¡Muy grande! Has procedido imprudente porque el conde adora a Estrella; y aunque es verdad que en mujeres como tu hermana no cabe ningún afecto imprudente, con mujeril compasión romper el secreto puede.	450
Pedro	Es Estrella muy discreta y no temo que le quiebre. Mira qué quiere esa negra y envíala brevemente.	455
Rosambuco (Aparte.)	(Ánimo corazón mío, que con la ocasión presente he de hacer que al quinto cielo ufana mi fama llegue.)	460

(Vase Pedro y sale Catalina, negra.)

Catalina	¡Ah, Losambuco! ¡Ah, zeolo!
Rosambuco	¿Qué es lo que la galga quiere

a Rosambuco?

Catalina   ¡Jezú!
En vonsancé hallamo siempre   465
mala obla, mala palabra,
moliéndome yo por velle,
y cuando le culumbramo
recibirnos con desdenes.
Zi zamo galga la negla,   470
galgo zamo su mercede,
y azí buzcamo lo galgo
para andar cogiendo liébrez.

Rosambuco   Negra de todos los diablos,
¿no te he dicho que me dejes?   475
Sin duda que algún demonio
te instimula que me inquietes;
que por Alá, que a entender,
que como tú me pareces,
parezco yo a los demás,   480
me diera doscientas muertes.
Siguiéndome a todas horas,
¿qué me apuras? ¿Qué me quieres?

Catalina   Mila, zeolo, vosancé,
zi helmoso, galano eres   485
a mis ojos, más y mucho
que la rosa que enflorece,
yo se anzabache, que tú
traen la cara plandeciente;
es una saeta de amoro,   490
que la ha tirado en la flente,
y travieza el culazón
que ce fina por quelelte.

Zazu, que molelme, hermano.

Rosambuco	¡Miren qué desquite aqueste	495
	para un buen desesperado!	
	¡Esta higa solamente	
	faltaba a mi vanidad!	
	¡Que los cielos dispusiesen	
	que un hombre de tales brazos,	500
	de espíritu tan ardiente,	
	y de presunción tan alta	
	en una región naciese	
	donde, si hay valor se esconda,	
	donde, si hay fealdad se muestre,	505
	donde el corazón bizarro	
	oculto en el pecho quede,	
	y del color la ignominia	
	anda en el rostro patente!	
	¡Reniego de mi fortuna!	510
	¡Que las deidades se hiciesen	
	para hombrecillo, que solo	
	una tez hermosa tienen	
	y por dicha un corazón!	
	Pero discurso, detente,	515
	que tú solamente bastas,	
	por Mahoma, a enloquecerme.	

Catalina	¡Zezú, qué desezperado!	
	¿Tanto erramo por querenle?	
	No sea vosancé tan lindo.	520

| Rosambuco | ¿Qué es esto que me sucede? | |
| | Pero Celio viene allí. | |

| Catalina | ¡A qué mal tiempo que viene! | |

(Sale Celio.)

Celio   ¡Rosambuco!

Rosambuco   ¿Celio, amigo?

Celio   ¿Y el señor don Pedro?

Rosambuco   Fuése   525
               a hablar al padre guardián.

Celio   Pues a mí me importa verle
               y avisarle, que dispuesta
               Laura, mi señora, tiene
               para seguirle esta noche;   530
               y que advierta juntamente,
               que el conde anda receloso
               y así las cosas gobierne
               con cordura y con cautela
               porque sucedan de suerte   535
               que se logre su cuidado.

Rosambuco   Celio, Celio, el miedo pierde,
               pues que de mi valor
               ya todo el suceso pende.
               Dile que yo estoy aquí.   540
               Cuando necesario fuese
               romperles a las estrellas
               aquellos eternos ejes
               en cuyos dorados quicios
               tornos de cristal se mueven,   545
               lo intentara, ¡vive Alá!
               Mas di a Estrella que no puede

	ir mi amo allá esta noche	
	que cierta ocupación tiene;	
	y así, que no hay que aguardarle.	550
	Anda, Catalina, vete,	
	que allá te están esperando	
	y a mí me da enfado verte.	
Catalina	Plegan Dioso, ingrato amante,	
	que muelas del mal que muele	555
	mi esperanza. ¡Ah, inglato mío	
	cuál me llevan tu desdene!	
Rosambuco	Ven, Celio, y a mi señor	
	le dirás lo que le quieres.	
Celio	Vamos muy en hora buena.	560

(Vanse y salen el Conde y Vilhán.)

Conde	¡Vive Dios, que me parece	
	que era Celio aquél que entró	
	con el negro!	
Vilhán	Sí, bien puede,	
	sin ser milagro, ser Celio;	
	mas señor, saberlo puedes	565
	de esta negra. Ven acá.	
Catalina	¿Qué me manda vosancede?	
Conde	¿Quién era aquél que allí entró	
	y habló con el negro?	
Catalina	Mente,	

	que no era Celio, seolo.	570
Conde (Aparte.)	(¡Ay de mí! ¡Que claramente con negarlo antes de tiempo, el delito se convence!) Ya yo sé que no era Celio,	
	mas estos doblones tienes	575
	si me dices lo que hablaron. Y si negarlo pretendes,	
(Saca la daga.)	te he de dar con ésta. Mira lo que escoges, no lo yerres.	
Catalina	Con la cuchilla me panta,	580
	y me abranda con los treses la veldad. ¿Qué Condecillos? Decíale que viniese mi amo a su casa esta noche	
	porque a su ama se lleve.	585
Conde	¿Qué te parece Vilhán?	
Vilhán	Conde César, me parece que no espantes a esa negra, porque no sea que revele	
	que este secreto te ha dicho;	590
	que sobre tu casa veles, que estorbes el deshonor, y al atrevimiento vengues.	
Conde	Catalina, eres honrada,	
	toma este bolsillo y cree	595
	que siempre te he de amparar.	
Catalina	Paguen Dioso la mercede.	

¿Qué lindo bocal bosillo!

Conde	Vete, Catalina, vete.

Catalina	Quédate con Dioso.

Conde   Él te guarde.   600
(Vase Catalina.)   ¿Qué hay que fiar en mujeres
si es tan aleve una hermana
que a su deshonor se atreve
sin que enemistades tantas
en su pasión la refrenen?   605
Ven, Vilhán, a prevenir
tan grandes inconvenientes.

Vilhán   Vamos, señor, que esta espada
es una sarta de muertes,
que las siembra, ¡voto a Dios!,   610
a pares cuando se ofrece.
(Aparte.)   (Miento, que soy un gallina.)

Conde   ¡Mal haya el honor mil veces
que su asiento en la cabeza
de una fácil mujer tiene!   615

(Vanse y salen Laura y Celio con luces.)

Laura   ¿Hablaste a don Pedro?

Celio   Sí,
y si tú vieras, señora,
con qué fineza te adora,
como se muere por ti
al verte tan empeñada,   620

estuvieras muy gustosa
de que, aunque eres tan hermosa,
estás muy bien empleada.

Laura   ¡Ay, Celio! De aqueste amor
quisiera que resultara   625
que en don Pedro se acabara
la enemistad y el rigor;
   que no creo que conmigo
sino, cual dices, está
quien de mi hermano se da   630
por capital enemigo
   porque la verdad parece
contradecirse entre sí,
el quererme bien a mí,
quien a mi sangre aborrece.   635
   Que si don Pedro me amara,
como dices, con afecto
sin duda por mi respecto
a mi hermano perdonara.
   Mas mi amor tan ciego está   640
y quiere tan animoso
que el verle tan sospechoso
crédito entero le da.
   Estoy resuelto a seguirle
aunque parezca flaqueza   645
porque con esta fineza
vendré sin duda a rendirle.

Celio   Él tiene determinado
que esta noche se concluya
la ventura de ser suya.   650

Laura   ¿Quién acá dentro se ha entrado?

(Salen Estrella y Catalina con mantos.)

Estrella   A verte, mi hermana Laura,
con harto cuidado vengo,
tan penosa que a estas horas,
atropellando respetos,   655
a inconvenientes me expongo,
de mi estado tan ajenos,
por ver si puedo estorbar
muchas desdichas que temo.

Laura (Aparte.)   (¡Oh, nunca hubieras venido!   660
Mas quizá te trae el cielo
para que no me despeñe,
que ya es hora que don Pedro
venga para ejecutar
tan locos atrevimientos.)   665
Que tú vengas con disgusto,
Estrella, es lo que siento
mas tu pena, sea cual fuere,
si yo quitártela puedo,
lo que tardas en decirla   670
tardará en tener remedio.

Estrella   Pues, mi Laura, yo he sabido
que está mi hermano resuelto
a llevarte aquesta noche
y que tú estás en empeño   675
de seguir su voluntad.

Laura   ¿Quién te ha dicho que en mi pecho,
Estrella, puede caber
tan desordenado afecto?

	¡Viven los cielos, señora...!	680
Estrella	Deja, Laura, los extremos	
	que yo no vengo a culparte	
	ni contradecirte quiero	
	tu amor, que por mi desdicha	
	también experiencia tengo	685
	de lo que puede el amor,	
	que al Conde, tu hermano, quiero,	
	como ya tendrás noticia;	
	y solamente pretendo	
	que como amigas las dos	690
	nuestro amor comuniquemos	
	rompiendo, para entrambas,	
	con llaneza este secreto.	
	Que contra los dos se esconden	
	muchos lastimosos riesgos;	695
	que evitemos las desdichas	
	y dispongamos los medios	
	para los dos de paz	
	y el amor las dos gocemos.	
Laura	Hablas con tanta cordura	700
	que fuera traje grosero	
	de mi amistad el negarte	
	los más guardados secretos.	
	Verdad es lo que sospechas;	
	a tu hermano, Estrella, espero	705
	resuelta y enamorada,	
	que de otra suerte, no pienso	
	que podré lograr mi amor	
	por la enemistad y el duelo	
	que entre don Pedro y el conde,	710
	bárbaramente sangriento	

quiere llegar al enojo
de la venganza al extremo.
Opuestos los mira a entrambos;
por la sangre al uno quiero,   715
por la inclinación al otro.
Tu hermano firme y entero
en la enemistad porfía
que al fin, de mi hermano, creo
que es más fácil de rendir.   720
Con esta fineza pienso
que don Pedro ha de obligarse
que es bizarro caballero.
Y hallándose agradecido
a la caricia y al ruego,   725
¿cómo se ha de resistir?
Éste es, Estrella, mi intento.

Estrella   ¡Ay, Laura, cómo discurres
los corazones midiendo
por el tuyo que es piadoso!   730
Sabe, amiga, que don Pedro
amante quiere robarte
y en teniendo este bien cierto,
darle la muerte a tu hermano.
Y luego tiene dispuesto   735
para salir de peligros
el pasar a España huyendo.
Tú en esto a tu hermano pierdes;
yo pierdo a mi esposo en esto.
Más cordura es, Laura mía,   740
adelantar el remedio.
Que si ofreciéndole amor,
la paz le pides en precio,
deteniéndote al contrato

hasta que cumpla primero;   745
él te quiere de manera
que por lograr su deseo
ha de romper por su enojo.
Que en un corazón discreto
si llegan a competir   750
el odio y amor a un tiempo,
siempre a fuer de sinrazón,
puede la venganza menos.
Y con esto, Laura mía,
ufanas las dos vencemos,   755
tú rescatas a tu hermano
y yo a mi esposo no pierdo.

Laura   Digo, Estrella de mis ojos,
que el discurso es tan discreto,
tan útil la prevención   760
y tan piadoso el consejo,
que a seguir tu parecer,
como amiga, me resuelvo.
Y aunque siempre te he estimado
con más fineza te ofrezco   765
ser tu hermana y ser tu amiga.
Y vete agora, que temo
que don Pedro llegue ya,
y si ha tenido recelos
de que es el conde tu amante,   770
tomará motivo nuevo
de enemistad con hallarte
a tal hora en este puesto.

Estrella   Dices bien. A Dios te queda.

Laura   Pero aguarda.

(Salen don Pedro y Rosambuco, con espadas desnudas y broqueles.)

| Pedro | ¡A lindo tiempo | 775 |
| | pienso que hemos llegado! | |

| Catalina | ¡Jezú! ¿Qué es esto que vemo? | |
| | ¡Ay, seola, que es seolo! | |

| Estrella | ¡Válgame Dios! | |

| Pedro | ¿Qué es aquesto? | |
| | ¿No es mi negra? | |

| Laura (Aparte.) | (¡Qué desdicha!) | 780 |

Pedro (Aparte.)	(Una mujer allí veo	
	que de mí se ha recatado.	
	¿Si fuese Estrella? Yo cierro	
	la puerta para inquirir	
	si es verdad lo que sospecho.)	785

| Rosambuco | Aquí temo algún fracaso. | |

(Descúbrese Estrella a Rosambuco.)

Estrella	Rosambuco, si en tu pecho	
	hay nobleza y valor,	
	ya reconoces mi riesgo.	

Rosambuco	Quiétate y modera el susto	790
	que ya, señora, te entiendo.	
	Soy tu esclavo; he de servirte.	
	Mi fe y palabra te empeño.	

Pedro	Laura, ¿quién es esta dama?
Estrella (Aparte.)	(¡Mortal el color ha puesto!) 795
Laura	¿Qué importa que sea quien fuere? Amiga mía, yo tengo a solas necesidad de hablar al señor don Pedro. Perdóname, que mañana 800 de ir a visitarte ofrezco.
Pedro	Yo, Laura, con tu licencia, he de conocer primero quién es aquesta señora.
Laura	Eso fuera ser grosero 805 y es un lugar muy sagrado mi casa, señor don Pedro, para tanta demasía.
Estrella	(¡Aquí, sin duda, me pierdo!)
Laura	Esta señora es mi amiga, 810 vino a verme de secreto y por ventura le importa que no la veáis.
Pedro	Por eso, que a su honor le importara a no ser lo que yo temo. 815 Y para que no perdamos en más razones el tiempo, a mi negra he oído hablarte.

	Bastante he dicho con esto.	
	No me permitáis que lleve	820
	a perderos el respeto.	
	Yo he de conocer quién es.	
Rosambuco	Aquí te pones a riesgo	
	de quedar con más desaire;	
	pues si no saliese cierto	825
	el juicio que has fabricado,	
	por dicha sin fundamento,	
	corrido te has de quedar	
	con gran causa, de haber hecho	
	acción que tanto desdice	830
	de un bizarro caballero.	
	Repórtate por tu vida.	
Pedro	Y si fuese lo que pienso,	
	¿cumpliré bien con mi honor	
	con haber andado cuerdo?	835
Rosambuco	En casos de tanta duda	
	es discreción y es acierto	
	pensar siempre lo mejor.	
Pedro	Yo no te pido consejo.	
Rosambuco	Pues yo te le debo dar	840
	que aunque esclavo y aunque negro,	
	sabes las obligaciones	
	que a mi mucho valor tengo.	
	Las leyes de honor no ignoro,	
	y puesto que eres mi dueño,	845
	contra el tuyo no pasara	
	el átomo más pequeño.	

	Tú miras apasionado	
	lo que yo sin pasión veo,	
	y así debes presumir	850
	de mi elección más acierto.	

Pedro   En vano me persuades.

Rosambuco   Repórtate.

Pedro   Estoy resuelto.

Rosambuco   ¿Y el empeño a qué viniste?

Pedro   Éste es más forzoso empeño.   855

Rosambuco   Mira que pierdes tu amor.

Pedro   Mi honor ha de ser primero.

Rosambuco   ¿Qué? ¿No hay de poder contigo
                 la razón

Pedro   A nada atiendo.

Rosambuco   Pues mira cómo ha de ser,   860
                 que yo a esta dama defiendo.

(Pónese al lado de Estrella.)

Pedro   Perro, ¿contra tu señor?

Rosambuco   Cuando la lealtad de un perro
                 contra su señor se vuelve,
                 sin duda está en grande aprieto.   865

	Ella de mí se ha valido,	
	tiene razón, tú estás ciego,	
	a ella un deshonor la evito,	
	y un desastre te defiendo.	
Pedro	¡Vive Dios, que he de matarte!	870

(Sacan las espadas.)

Rosambuco	No será muy fácil eso.	
	Yo, señor, no he de ofenderte	
	que aqueste gallardo acero	
	sabrá guardarte y guardarme	
	que sobre alentado es diestro.	875
Pedro	¿Contra mí sacas la espada?	
Rosambuco	Yo solamente pretendo	
	a esta dama defender.	
	Arrójate, pues, resuelto	
	y quiebra agora tu enojo	880
	que sin duda vendrá tiempo	
	en que aquesta acción me alabes.	
	Tírame, que yo resuelto,	

(Riñen y no le tira Rosambuco.)

	sin que mi acero te ofenda,	
	solo a defenderla atiendo.	885
Pedro	¡Aguarda, infame!	
Rosambuco	¡Llamaron!	

Laura	¡Mayor pena es ésta, cielos; que éste es mi hermano!

(Dentro.)

Conde	¡Abre, Laura!

Estrella	Vengan desdichas y riesgos.

(Sale Celio.)

Celio	¡Ay, señora! ¿Qué he de hacer?	890

Rosambuco	Llegó de todo el remedio; abre al momento la puerta.

(Abre la puerta y salen el Conde y Vilhán.)

Pedro	¡Que malograse mi intento!

Conde	¡Válgame el cielo! ¿Qué miro?

Rosambuco	Aquí el abreviar con ello es el consejo más sano.	895

Conde	¿Qué es esto, agravio?

(Sacan las espadas.)

Rosambuco	Esto es esto.	
(Mata la luz.)	Mataros a cuchilladas. Señora, no tengas miedo, fía de mí, que de todo hemos de salir sin riesgo.	900

Conde	¡Muera quien mi casa ofende.
Pedro	¡Que la luz falte a este tiempo para no haceros pedazos!
Rosambuco	Agradecedlo al empeño 905 en que estoy, todos, la vida.
Vilhán	¡Por Dios, que tira el sabueso temerarias tarascadas!
Laura	Aquí, Celio, nos perdemos.
Celio	¡Que no trujese yo espada! 910
Vilhán	Pues, ¿qué la hizo, buen viejo?
Rosambuco	Ya con la puerta encontré. Ven, señora.
Estrella	Yo te debo vida y honor.

(Saca Rosambuco a Estrella.)

Conde	Al fin vais, como cobardes huyendo. 915
Pedro	Seguir me importa a la dama.
Conde	Aguardad, que hasta el infierno os he de seguir, traidores.

Vilhán	Llevaremos pan de perro.	

(Dentro.)

Rosambuco	Ya, señora, estáis en salvo.	920
	Vete, pues, que yo me quedo	
	a estorbar que no te sigan	
	y a defender a mi dueño.	
Laura	Celio, ¿qué desdicha es ésta?	
Celio	¡Válgate el diablo por negro!	925
	Yo fuera a ver en qué para	
	si no temiera el braguero.	

(Vanse. Sale Mortero.)

Mortero	Ya serán las dos. ¡Oh, pesia	
	mi mala dicha! ¿Qué es esto?	
	Que estoy como niño expuesto	930
	a la puerta de la iglesia.	
	Maitines ya han acabado	
	los frailes y ya se han ido	
	a recoger, y perdido	
	en tinieblas me han dejado	935
	donde, a mi pesar, despierto,	
	aguardo, Dios me es testigo,	
	a que de parlar conmigo	
	le dé tentación a un muerto.	
	Que un hombre quiera aprender	940
	el oficio más ruin	
	tiene excusa, porque al fin	
	con él gana de comer.	
	Mas que haya hombre tan menguado,	

tan sin pundonor y juicio,   945
que por no aprender oficio
se acomode a ser criado,
    donde él ha de madrugar
cuando el amo está durmiendo.
Si está cenando o comiendo   950
no ha de hacer más que mirar.
    Del mundo, entre los enojos,
¿haber podrá mayor pena
que tras una boca llena
faltárseme a mí los ojos?   955
    ¿Hay rigor como en verano
ver que lo frío se emboca
y estar yo seca la boca
con la garrafa en la mano?
    Si está alegre, he de reír.   960
Si está triste, he de llorar.
Si come, he de ayunar.
Si echa mano, he de reñir.
    Si enamora, he de rondar.
Si visita, serenarme.   965
Si pierde, he de mesurarme,
y si tarda, he de aguardar.
    ¡Mal haya hombre tan ajeno
de sentido, y de razón
que está por una ración   970
a estas horas al sereno!

(Salen don Pedro y Rosambuco.)

Rosambuco   ¡Por Dios, señor, que has mostrado
                   en la pendencia tu brío!

Pedro   Por tu valor, Rosambuco,

	lindamente ha sucedido.	975
	Yo te perdono el enfado	
	que me diste.	
Rosambuco	Señor mío,	
	véngate agora de mí,	
	pues a aquesos pies me rindo.	

(Hinca la rodilla.)

Pedro	Levántate, Rosambuco.	980
(Aparte.)	(No sé qué en su rostro miro	
	que apenas puedo arrojarme	
	con andar tan atrevido.)	

Rosambuco	Si no llegara el virrey,	
	¡por Mahoma!, que imagino	985
	que se acabaran los bandos.	

| Pedro | Al fin, desaparecimos | |
| | a buena ocasión. | |

Rosambuco	¡Famosa!	
	Juzgo que quedan heridos	
	algunos, y alguno muerto;	990
	y no me ha de quedar vivo	
	ninguno de tus contrarios.	

| Mortero (Aparte.) | (Cerca dos bultos diviso. | |
| | Mi amo será y el mastín.) | |

Rosambuco	Ya que estamos en el sitio,	995
	señor, de Jesús del Monte,	
	quiero enojarme contigo	

porque aunque negro y esclavo,
no soy tampoco ladino
que no sepa en qué ocasión   1000
a un esclavo es permitido
sacar con su amo la espada
aunque nunca es con designio
de ofenderle en un cabello,
que eso fuera desatino.   1005
La dama que tú quisiste
conocer, habló conmigo.
Díjome que era casada,
y si la vieses, preciso es
perder contigo opinión;   1010
y cuando juntos salimos
al pasar por una tienda
la conocí, y certifico
que no es la que imaginaste.

Pedro   De ti, Rosambuco, fío,   1015
               como noble y como leal,
               todos los recelos míos.

Rosambuco   Puedes fiarlos, señor,
               tan bien como de ti mismo.

Pedro   Ya hemos llegado a la casa   1020
               del seráfico Francisco.
               ¿Es Mortero?

Mortero   Sí, señor.
               Seas mil veces bienvenido.
               Con la llave de la iglesia
               te aguardo hecho monacillo,   1025
               que monazo te aguardara

si hubiera dejado vino.

Pedro   ¿Hay luz en la celda?

Mortero   No.

Pedro   ¡Que nunca estés prevenido!
         Ve, y en la lámpara enciende.   1030

Mortero Ya yo la hubiera encendido
         si tanto ánimo tuviera,
         que hay muerto que, ¡vive Cristo!,
         que le agarra a un hombre un pie
         solo por verle dar gritos.   1035
         Luz de iglesia, es luz eterna,
         y nunca se habla conmigo
         que soy hombre temporal.
         Rosambuco tiene brío
         y engañará a cualquier muerto   1040
         con aqueste colorcillo
         que juzgarán que es bayeta
         con que se estarán queditos
         y le darán pasaporte.

Pedro   Tú tienes gentiles bríos.   1045
         Rosambuco, por tu vida,
         que enciendas luz.

Rosambuco   ¿No te ha dicho
         que me avisa una ilusión?

Pedro   Si temes, por eso mismo
         a ese agüero has de vencer.   1050
         Ven tú, Mortero, conmigo,

	y tú trae la luz.	

Mortero   Y si acaso
                    te espantare algún vestigio,
                    el zancarrón de Mahoma
                    sea, Rosambuco, contigo.   1055

(Vanse Pedro y Mortero.)

Rosambuco   ¡Por Mahoma, que he quedado
                    medroso como corrido!
                    Pero, ¿qué es esto, valor?
                    ¿Dónde estáis, corazón mío?
                    ¿Estos brazos no podrán   1060
                    contra el horror del abismo
                    batallando, deshacer
                    sus encantados prodigios?
                    Pues, ¿cómo llego a temer
                    un bulto de mármol frío?   1065

(Corren una cortina, y aparece en un altar un bulto de mármol que será un hombre con su manto capitular y una lámpara encendida.)

                    Mas, ¡todo el cielo me valga!
                    Que algún secreto divino
                    ya le deposita airado
                    en lo yerto de este archivo.
                    Quiero alentarme y no puedo   1070
                    que parece que le miro
                    mover contra mí, por ojos,
                    dos ardientes basiliscos.
                    ¿Por qué me miras airado,
                    me amenazas vengativo?   1075
                    Si triunfar de mí procuras,

(Hace que se va.)	yo me rindo. Yo me rindo	
	y te vuelvo las espaldas.	
	¿Pero qué mortal delirio	
	me obliga a este rendimiento?	1080
	¿Y estos desmayos permito?	
	Volved, aliento, por vos.	
	Insensible, inmueble, y fijo	
	se está el mármol. ¡Vive Alá,	
	que he de desquitar con brío	1085
	lo que perdí en el asombro!	
	Y he de vencerme a mí mismo,	
	y tocarle con las manos	
	y agraviado y ofendido	
	hacerle trozos en ellas	1090
	para convencer que ha sido	
	una pueril ilusión	
	y no superior prodigio.	
	Pavorosa estatua, espera,	
	que no te valdrán hechizos	1095
	contra mi valor.	

Estatua   Detente.

Rosambuco   En vano el esfuerzo animo.
                 Mármol, sombra, hielo, asombro,
                 que de los lagos estigios
                 vienes a ser de la muerte   1100
                 un funesto paraninfo,
                 ¿qué me quieres? ¿Qué me quieres?

Estatua   No temas. Dios Uno y Trino,
                 a quien no conoces, hoy,
                 Rosambuco, te ha escogido   1105
                 para basa de su iglesia.

49

Que no hay corazón altivo
que a su poder no se rinda;
quiere hacerte de este sitio
gloria y protección a un tiempo,   1110
y con acuerdo divino
por ser yo su fundador,
por tu apóstol me ha elegido.
Deja tu profeta falso;
recibe el santo bautismo   1115
y profesa en esta casa
la regla de San Francisco.
Yo soy Benedicto Esforcia
y así, el nombre de Benito
has de tomar, que esto haciendo,   1120
Dios será siempre contigo.
Quédate en paz, que a mi reposo
del túmulo me retiro.

(Cierran la cortina.)

Rosambuco   ¡Válgame el poder de Alá!
                   ¿Qué es lo que he escuchado y visto?   1125
                   Y, ¿qué es lo que estoy mirando?
                   ¿Si es ilusión del sentido?
                   ¿Si lo ha fingido el temor?
                   Pero, ¡no! En acentos vivos
                   lo que nunca he pensado,   1130
                   con claras voces me dijo,
                   y dentro en el corazón
                   no sé qué impulso divino
                   me persuade elocuente
                   que es verdad y no delirio.   1135
                   Embajador prodigioso,
                   si del Autor del Olimpo

verdad eterna me anuncias,
su santo decreto admito,
su secreto reverencio,   1140
y a su cumplimiento aspiro.
Es la gloria que me anuncias
de valor tan excesivo
que pide su ejecución
todo el poder infinito.   1145
Yo la voluntad ofrezco,
rindiendo el humano arbitrio.
Obre en mí, Dios, su palabra
que sin falta yo me rindo
que humano poder no alcanza   1150
misterio tan peregrino.
Sienta yo en mi corazón
de Dios superior auxilio,
y conoceré con eso
que es verdad cuanto me has dicho: 1155
que mi religión es falsa,
que es cierta la ley de Cristo,
que Jesús es mi pastor,
que me recoge a su aprisco,
que la religión me llama,   1160
que me convida el bautismo,
y finalmente, que puede
como Señor Uno y Trino.

Fin de la primera jornada

Jornada segunda

(Sale Vilhán como espantado.)

Vilhán   Ésta es de Jesús del Monte
sin duda la portería   1165
cuyo sitio deshacía
en belleza y horizonte,
    a cuantos Italia tiene
desde Génova a Sicilia   1170
donde su heroica familia
Francisco en virtud mantiene
    que variada en arrebol,
sagrado y honrado el suelo,
barrio parece del cielo   1175
y ciudadela del Sol.
    Aquí, como en fortaleza
y soberano castillo,
el seráfico caudillo,
de tanto escuadrón cabeza,   1180
    defiende altivos soldados
de la humana tempestad,
de pobreza y humildad
valerosamente armados.
    Y aquí contra el español   1185
arrogante, por espía,
por dicha, César me envía
porque como caracol
    dentro en la cáscara intenta
matarle. Arriesgado a todo   1190
trance, el respeto y modo
de su venganza sangrienta,
    que se le debe al virrey
y a este convento sagrado;

	hacia acá viene un donado	1195
	de lechón que a toda ley	
	debe engordar mucho más	
	y estar libre de desgracias	
	a Dios sirviendo.	

(Sale Mortero de donado.)

Mortero	«Deo gracias.»	
Vilhán	Padre, por siempre jamás.	1200
Mortero	¿Qué busca, Vilhán hermano,	
	en Jesús del Monte?	
Vilhán	Quiero	
	conocerle.	
Mortero	Fray Mortero	
	soy, español mal cristiano,	
	y a Dios convertido ya,	1205
	que mi padre San Francisco	
	me ha recibido en su aprisco	
	por su oveja.	
Vilhán	Bien está.	
Mortero	Y agora voy a pedir	
	limosna a Palermo en ese	1210
	borrico que, aunque pese	
	al infierno, he de venir	
	de pan a casa cargado,	
	que este milagro notorio	
	le prometió al resistorio	1215

	del seráfico sagrado	
	Dios padre todos los días.	
Vilhán	Lo seguro y verdadero	
	ha escogido, Fray Mortero.	
Mortero	Lo demás es tropelías.	1220
Vilhán	Mas, ¡vive Dios!, que me extraña	
	la resolución con que	
	se ha determinado.	
Mortero	Fue	
	condición supitaña.	
	Llamóme Dios muy aprisa	1225
	y arrastróme su poder,	
	enfadado de comer	
	siempre tormenta precisa	
	en tierra, y más de soldado	
	y escudero galadín	1230
	y de rocín a ruin	
	mal comido y mal pagado,	
	tras un amo broquelero,	
	que con un perro de ayuda	
	que trae, ningún riesgo duda	1235
	de acometer caballero	
	andante, nuevo Amadís,	
	sin seguridad jamás,	
	la vida arriesgo de un faz	
	la condenación a un tris.	1240
	Valíme de la ocasión	
	que a nadie Dios desampara	
	de estar retraídos, para	
	echar de la religión.	

	Dióme el padre guardián	1245
	luego que le pedí	
	el hábito, y reducí	
	mi vida, hermano Vilhán	
	a esta cuerda, que es trabuco	
	con que venzo a Satanás,	1250
	cosa que no hará jamás	
	el hermano Rosambuco.	
	Que me dijo en la cocina	
	ayer que por su olla entró	
	que me había hecho yo	1255
	religioso de gallina.	

Vilhán   Pienso que dijo verdad.

Mortero   Hermano Vilhán, él miente.

	Quien a Dios busca, es valiente,	
	lo demás es vanidad.	1260
	¿Qué hay en el siglo de nuevo?	
	¿Úsase en él todavía	
	el engaño que solía?	
	¿Anda el vicio tan mancebo?	
	¿Tan caduca la virtud?	1265
	¿Tan pobre la caridad?	
	¿Tan desnuda la verdad?	
	¿Tan rica la ingratitud?	
	¿La ceremonia tan viva?	
	¿La desvergüenza tan clara?	1270
	¿La riqueza tan avara?	
	¿La obligación tan esquiva?	
	¿Andan cumpliéndose antojos	
	la dicha y necesidad?	
	¿De medio ojo la amistad	1275
	y la envidia con cien ojos?	

¿No fían los mercaderes
al valor y la hidalguía?
¿Y pídense todavía
celos hombres a mujeres? 1280

Vilhán   Padre Fray Mortero, no ha
tanto que su reverencia
ha hecho del siglo ausencia
que estar trocado podrá.
     Todo está como se estaba 1285
y va peor cada día
que es mala mercadería
hombres y mujeres.

Mortero   Brava
     dicha en librarme he tenido
de salir de confusión, 1290
¡y más en esta ocasión!
Pero esto, ¿qué ha sido
     la de ven y voy acá?

Vilhán   Anda el conde dando trazas
de dar al mastín zarazas 1295
y a su dueño.

Mortero   No podrá,
     que le guardan lindamente
porque del virrey sospechan
que ministros los acechan
y andan más diligente 1300
     en sacarlos de Jesús
del Monte; que no saldrá
el mastín de donde está
aunque le diga «¡tus, tus!»,

el gran turco Solimán   1305
de quien fue alano primero,
y menos Portocarrero.
Guárdese, hermano Vilhán,
    no le encuentre alguno de ellos
en el sitio, que podría   1310
librar mal y ser espía
perdida de veras.

Vilhán   Ellos,
    y otros tantos no me dan
cuidado si me acompaña
esta espada, y en campaña   1315
se desenvuelve Vilhán;
    que verán como les gasto
las vidas y los aceros,
y échenme Portocarreros
y Rosambucos a pasto.   1320

Mortero   Medrado está de valor,
hermano Vilhán, mas ya
lo habrá menester que está
con nosotros sin temor,
    ni vergüenza del virrey   1325
ni todo el linaje humano.
Si no me engaño, el hermano
Rosambuco, can del rey,
    es el que viene.

Vilhán   ¡Oh, pesia
el que a Italia le ha traído!   1330
¡Que un alano mal nacido
ha de valerle la iglesia,
    saliéndose a pasear

fuera de ella para ocultos
y descubiertos insultos   1335
de noche en tierra y en mar!
   Quiero apartarme de aquí
porque no me dé ocasión
de alguna demostración.

(Sale Rosambuco.)

Rosambuco   ¡Ah, gentil hombre!

Vilhán   ¡Ay, de mí!   1340
             ¿Qué manda vuestra merced?

Rosambuco   ¿A dónde deja a su amo?

Mortero (Aparte.)   (Acudió el tordo al reclamo
y Vilhán cayó en la red.)

Vilhán   Yo no tengo amo ni soy   1345
quien vuesamerced imagina.

Rosambuco   ¿Negarme quiere el gallina
lo que conociendo estoy?

Vilhán   Yo nunca, cuando...

Rosambuco   ¡Por vida
de don Pedro y por Mahoma   1350
que a bocado me lo coma!

Mortero (Aparte.)   (Vilhán es mala comida.)

Rosambuco   ¿Piensa que soy tan bozal

o tan bárbaro porque
tan atizado me ve   1355
que darme este papasal
    quiere con vanos intentos?
Sepa que soy tan ladino
que en átomos le imagino
las combras, los pensamientos,   1360
    que ésta es, en vez de cristal
porque al Sol la luz no empache
una cara de azabache
de un alma como un coral.
    Con ingenio tan profundo   1365
que aunque el cielo más porfía
hacerme borrón del día
y negro lunar al mundo,
    tan esclarecido está
de este abalorio prolijo   1370
que puedo llamarme hijo
de la reina de Sabá.

Mortero (Aparte.)   (¡Qué leído es el mastín!
                     Pero puede ser al toque
                     del que acompaño a San Roque,   1375
                         [-ín].)

Rosambuco   Mire, dígale a su dueño,
                     o a su dueña, o a su jaca,
                     si de vengarse no aplaca
                     de su coraje el empeño,   1380
                         [-ar],
                     con gallinas cada día,
                     si intenta a esta portería
                     ni aún entre sueños llegar;
                         que he de ir a Palermo y darle 1385

60

de quién soy satisfacción
y en hábito de caución
dentro en su casa abrasarle.
　Que para después de aquesto
que este mensaje le lleves,　　　　　　　1390
y cumplas con lo que debes
por el atajo más presto
　siendo pelota del fuego
con que abrasarle me obligo
estoy para hacer contigo　　　　　　　　1395
desde aquí, allá, el pasajuego.
　Mas dispensar determino
contigo todo este estruendo
porque te vayas muriendo
de tu miedo en el camino.　　　　　　　1400
　Vete.

Vilhán　　　　　　　　Voy a obedecerte
de muy buena voluntad.

(Aparte.)　　　　　　(¡Notable temeridad!)

(Vase.)

Rosambuco　　　　Yo soy sombra de la muerte.

Mortero　　　　　　　Búsquela para el calor　　　1405
un demonio peregrina.

Rosambuco　　　　Y adviértole de camino
　.　　　　　　　　　　[-or]
　que al conde siciliano
envió. Encontrar no quiero　　　　　　1410
otra vez a Fray Mortero
porque le pondré la mano.

61

Mortero	Yo pretendo ser eunuco en el ejercicio, y así no la quiero para mí 1415 del hermano Rosambuco.
Rosambuco	Que esto haré le certifico si no...
Mortero	Digo que me doy por advertido y me voy a pedir con mi borrico. 1420 No quiero más retintín, hermano Turco, con vos que aunque no me ha librado Dios, siendo oveja, del mastín.
Rosambuco	¡Válgame Alá soberano 1425 y su profeta divino, cuyos dos cultos a un tiempo sin duda tengo ofendidos! Pues con portentos tan raros corro bajel de mí mismo, 1430 fortuna deshecha contra mis pensamientos altivos. Yo soy Rosambuco, aquél de Etiopia peregrino, para bruto aun prodigioso, 1435 para hombre el mismo prodigio. Yo soy el pirata negro en ambos mares temido, ébano de quien labraron cometas y basiliscos. 1440 La Libia ardiente y el fuego

donde salamandra he sido
de pólvora y alquitrán
y las rocas de los istmos
y los sulfuros temieron   1445
en el salobre zafiro.
¿Pues, cómo se olvida el cielo
de mí? Mísero y cautivo
soy de este hombre que no tiene
más alma ni más sentido.   1450
¡Que haya tanto de poder
la inclinación de un destino
que ha de atropellarlo todo
sin que haya para rendirlo
alma en la naturaleza   1455
ni imperio en el albedrío!
¿Quién vive en mí? Que parece
que no soy el que en mí vivo,
sino otro por mí que apuesta
guerras civiles conmigo.   1460
Todo soy sueños, asombros,
ilusiones y delirios.
Valiente estoy y cobarde,
despierto estoy y dormido.
Y desde anoche en el templo   1465
de este profeta Francisco
tan grande, que de su Dios
las armas ha merecido
en manos, pies y costado,
sangrientas llagas o cinco   1470
rubíes que Él recibió
cuando desde el cielo vino
a redimir los cristianos
a todo el humano aprisco,
como ellos dicen, en más   1475

temores y laberintos
de dudas metido estoy;
que ni creo lo que he visto
ni lo dejo de creer.
Porque, ¿cómo un mármol frío   1480
pudo moverse y hablarme,
pudo asombrarme?

(Dentro.)

Una voz   Benito.

Rosambuco   ¿Quién me ha llamado? Mas, ¿cómo
si por mi ley me apellido
Rosambuco, al que escuché   1485
con efecto repentino
volví el sentido y el alma?
Pero el alma y el oído
se debieron de engañar
que fue el nombre que me dijo   1490
de su original el mármol,
y son cristianos hechizos
para volverme a su ley
o fantasma del abismo
y de las cobardes sombras;   1495
que de la noche...

(Dentro.)

Una voz   Benito.

Rosambuco   Si no estoy loco y me engaño,
otra vez han repetido
y más cerca el mismo nombre.

Aquesta voz con el mismo   1500
llama otro hombre cristiano,
labrador y peregrino
de esta mezquita montes,
de este silvestre edificio
de Italia tan venerado   1505
que es Meca del cristianismo.
Hagamos treguas un rato,
locos pensamientos míos,
y volvamos a asistir
a don Pedro, que le hizo   1510
Alá mi dueño hasta tanto
que se canse el brazo esquivo
de mi fortuna.

(Dentro.)

Una voz   ¿Te vas
sin responderme, Benito?

Rosambuco   Voz, que no sé de quién eres,   1515
y te trae el aire frío,
con el eco a mis orejas,
¿hablas conmigo?

(Dentro.)

Una voz   Contigo.

Rosambuco   No puede ser si fue siempre
Rosambuco el nombre mío   1520
y tú con otro me llamas
que nunca le he conocido
en Asia ni en otra parte.

(Dentro.)

Una voz	Éste es más tuyo, Benito.

Rosambuco	Sin duda me llama el mármol,	1525
	por lisonja, con el mismo	
	nombre otra vez, y no quiero	
	que me tenga por remiso	
	ni cobarde, siendo yo	
	a quien tantos han tenido	1530
	miedo en el mar y la tierra	
	desde el rojo mar de Egipto	
	a las columnas de España	
	del Hércules Orolimbio.	
	Ya voy, mármol.	

(Va a entrar y encuentra un niño descalzo con una corona de espinas, una cruz a cuestas, y llagas en los pies.)

Niño	¿Dónde vas	1535
	bárbaro, loco, atrevido	
	que sin la marca cristiana	
	osas pasar este sitio,	
	sagrado al mejor alférez	
	del mundo, este templo mío	1540
	que con mi nombre respetan	
	los cortesanos impíreos?	
	¿Cómo te atreves, sin ser	
	en el rebaño admitido	
	de mi iglesia militante,	1545
	batallón del Uno y Trino,	
	contra el alevoso hereje,	
	contra el infiel paganismo,	

	y a mirar estos umbrales
	de tanta antorcha epiciclos? 1550
Rosambuco	Niño, gigante a los ojos
	del Sol, prodigioso Niño,
	¿quién eres?
Niño	Jesús del Monte,
	de quien este templo antiguo
	toma el nombre, aunque primero 1555
	del Monte Calvario ha sido,
	donde un viernes, con la muerte
	tuve un campal desafío
	de quien salí vencedor,
	puesto que tan mal herido 1560
	con esta espada que llevo
	al hombro...
(Paséase.)	
Rosambuco	Eterno Cupido,
	Niño a la emblema del cielo,
	déjame que los armiños
	sangrientos de tus pies bese, 1565
	que no sé qué desatino
	amoroso me arrebata
	el corazón, o qué hechizo
	celestial para adorarte.
Niño	Aparta, que no eres digno 1570
	de privilegio tan grande
	hasta estar con el bautismo.
Rosambuco	Pues déjame que te ayude

a llevar ese prolijo,
si bien de escultura hermosa,   1575
leño cruzado.

Niño   Aunque ha sido
siempre mi yugo suave,
no tienes hombros ni bríos
para éste, siendo infiel.

Rosambuco   Si fuera todo el Olimpo   1580
estrellado, como Atlante
le sustentará en los míos.

Niño   Toma, y mira si le puedes
llevar.

(Dale la cruz.)

Rosambuco   Muestra, hermoso Niño,
que a trueque que tú descanses   1585
imposibles solicito
facilitar.

Niño   Sin la fe,
éste es el mayor.

(Vase.)

Rosambuco   Narciso
soberano, aguarda, espera.
Vuelve a tus hombros divinos   1590
este madero, que yo
a tanto peso me rindo.
Y entre los brazos parece

que el mundo se me ha caído,
y todos los once cielos.   1595
Socorro y favor te pido.

(Sale sangre de la cruz.)

Pero, ¿qué sangre es aquésta
que por tu corona miro
correr, árbol prodigioso
del jardín del paraíso?   1600
Que me convida a beberla
su hermosura, más que el limpio
cristal que nació en el monte,
veloz aborto de un risco.

(Vuela la cruz.)   ¡Válgame el cielo! ¿Qué miro?   1605
Que el madero fugitivo
me ha hecho Tántalo de ella...
Agora pierdo el sentido,
¡qué maravillas! ¡Qué espanto!
¡Qué misterios! ¿Qué prodigios   1610
son éstos de mi dureza,
bárbaramente entendidos,
que se contradicen unos
con los otros? Mas, propicios
cielos, que para entenderlos   1615
que los descifres os pido.

(Sale don Pedro.)

Pedro   Rosambuco.

Rosambuco   ¿Señor?

Pedro   ¿Dónde

69

| | todo hoy andas escondido, | |
| | que no te he visto? | |

Rosambuco	No puedo	
	darte nuevas de mí mismo	1620
	apenas, después que traigo	
	unas tristezas conmigo	
	que me traen fuera de mí	
	y lejos de mi sentido.	

Pedro	Memorias deben de ser	1625
	de tu patria. No me admiro	
	que suelen dar guerra al alma.	

| Rosambuco | Más pienso que son olvidos. | |

Pedro	Diviértelos, pues que tienes	
	un dueño que es tan tu amigo,	1630
	que hace tanta estimación	
	de tus valerosos bríos,	
	que no te diera por cuanto	
	tesoro guarda el Mar Indio	
	si me lo pidiera Laura,	1635
	que después de ella, te estimo.	

Rosambuco	Guárdese, Portocarrero,	
	de España y de Carlos Quinto,	
	blasón generoso, Alá,	
	que solo su puesto ha sido	1640
	el de todos mis naufragios.	
	Y tu esclavo ser estimo	
	más que estando libre ser	
	visir del Cairo y del Píreo.	

Pedro	Pagarme has lo que me debes	1645
	y aquesta noche imagino	
	que he de quedarte a deber.	

Rosambuco	¿De qué suerte?

Pedro	He recibido	
	de Laura un papel en que	
	me manda, aunque más peligros	1650
	se me pongan delante,	
	que por un falso postigo	
	de su jardín a las doce	
	la vea.	

Rosambuco	Si es tan preciso,	
	no quede por mí que ya	1655
	sabes que yendo contigo	
	no hay que temer a Palermo.	
	Siempre estoy apercibido	
	del broquel y de la espada.	

Pedro	Pues, Rosambuco, a camino	1660
	de Palermo y a adorar	
	a Laura, dueño divino	
	de mis amantes deseos,	
	que ya la noche ha corrido	
	todas las cortinas negras	1665
	del salobre cristalino.	

Rosambuco	Y la turca Luna negra,	
	de quien soy sombra y soy hijo,	
	temerosamente esparce	
	algunos rayos mendigos.	1670

Pedro	Poco puede embarazarnos,
	que trae muy recién nacidos
	los rayos y han de durar
	poco en el azul distrito.
	Y pienso que poco a poco 1675
	hemos salido del sitio
	de Jesús del Monte. Él vaya
	conmigo.
Rosambuco	Y también conmigo;
	que voy estando muy bien
	por el nombre y por vecino 1680
	con aquese caballero.
Pedro	Y es muy bueno para amigo,
	Rosambuco.
Rosambuco	Así lo entiendo.
	Aunque soy turco, me inclino
	a sus maravillas raras 1685
	porque cuentas de Él prodigios.
Pedro	Ruego a Dios que pare en bien
	esa inclinación.
Rosambuco	No digo
	nada. Alá lo puede hacer.
Pedro	Desde agora más te estimo. 1690

(Salen Vilhán, el Conde y criados con espadas, rodelas y pistolas.)

Conde	Dos hombres son y si fuesen
	los que buscando venimos

	del papel que obligué a Laura	
	escribir, no habrá surtido	
	mal efecto.	

Vilhán	Diera un brazo	1695
	por ver dentro del garlito	
	al sabueso de Mahoma,	
	ladrador desde los quicios	
	de las puertas de su casa.	

Conde	Al perro hacer solicito	1700
	más pedazos que ha ladrado	
	desgarros y desatinos.	

Vilhán	Yo comeré su gigote.	

Pedro	Entre los verdes asilos	
	que hacen al camino sombras	1705
	bultos parece que he visto.	

Rosambuco	Si no son de esotra vida	
	sombras o vestigios	
	lluevan broqueles y espadas	
	y de pistolas granizo;	1710
	pero no gente que viene	
	después de ser fenecidos,	
	que huelen a esotro mundo	
	y me ha dejado Benito	
	Esforcia muy perdigado	1715
	de miedo de esotro siglo.	

Conde	Los dos a reconocerlos	
	lleguemos como venimos	
	para no espantar la caza,	

	y los demás al abrigo	1720
	de estos árboles se queden,	
	acudiendo al primer silbo.	
Criado I	Obedeceremos.	
Pedro	Dos	
	bultos hacia acá imagino	
	que enderezan.	
Rosambuco	Pocos son.	1725
Conde	¿Quién?	
Pedro	Responder es preciso.	
Conde	¿Diremos a la justicia?	
Rosambuco	La misericordia, primos.	
Vilhán	En su lenguaje habló el negro,	
	y son ellos.	
Conde	¡Ea, amigos,	1730
	que esto es hecho.	

(Sacan las espadas.)

Pedro	Rosambuco,	
	sobre nuestros enemigos	
	hemos dado y vienen tantos	
	furiosos y vengativos	
	que nos hemos menester	1735
	mucho más.	

Rosambuco	Lo dicho dicho.
Conde	¡Mueran pues!
Rosambuco	¿No hay más que mueran gallinas?
Pedro	¡A ellos, amigo Rosambuco!
Rosambuco	¡A ellos, valiente Portocarrero; y si es vino 1740 el que traen esos borrachos, ¡a los pellejos conmigo!

(Métenlos a cuchilladas y disparan y hieren a Rosambuco. Éntranse Rosambuco y los otros acuchillándole y quédanse Pedro y el Conde.)

Rosambuco	¡Muerto soy, Portocarrero! Sea tu valor conmigo.

(Dentro.)

Criado I	Prendedles.
Vilhán	Esto va malo, 1745 el virrey es, que ha tenido noticia de este suceso.
Conde	Pues, acabemos, amigos a este perro.
Criado II	Éste es don Pedro,

prendedle.

| Pedro | No hay resistirlos. | 1750 |
| | Date, Rosambuco, preso. | |

Rosambuco   Pues, lo mandas, yo me rindo.

Criado I   Dale muerte.

Conde   Muere, perro.

(Salen acuchillando a Rosambuco.)

Rosambuco	¡Jesús del Monte, Francisco,	
	no permitáis que a la puerta	1755
	de vuestro templo divino	
	muera quien de vos se ampara.	

(Entran tras él y salen el Niño y san Francisco con espadas.)

Niño	Nuestro socorro ha pedido;	
	defendámosle los dos,	
	valiente alférez de Cristo.	1760

(Dentro.)

| Rosambuco | ¡Traidores, ya me tenéis | |
| | muerto pero no rendido! | |

Conde   Cosámosle con la tierra.

San Francisco	Hay más invencibles filos	
	que le defienden, tiranos,	1765
	y ha de ser primero mío.	

(Dentro.)

Conde   ¡Huyamos, que dos espadas
               de dos brazos nunca vistos
               contra nosotros fulminan
               rayos.

Vilhán   De encantos y de hechizos,   1770
               sin duda contra nosotros
               ese turco se ha valido.

(Sale Rosambuco herido.)

Rosambuco   Yo muero y a vuestra casa,
               Francisco, como he podido
               con el alma entre los dientes   1775
               para el último suspiro
               llego ya. No muera yo
               sin el agua del bautismo.

(Salen el Guardián y Mortero.)

Mortero   ¡Padre, padre, acuda presto
               que parece que un herido   1780
               a la puerta de la iglesia
               voces da, y si mal no miro
               el hermano Rosambuco
               es el que está sin sentido.

Guardián   Los contrarios de don Pedro   1785
               Portocarrero habrán sido
               los crueles agresores
               de tan infame delito,

	profanando los umbrales de este religioso asilo. Hermano, ¿qué es lo que quiere?	1790
Mortero	Del hermano turco fío que no será confesión.	
Rosambuco	Padre, el bautismo pido, que pretendo ya que muero morir en la ley de Cristo, que la tengo por la más verdadera [i-o].	1795
Guardián	Es gran predestinación, Fray Mortero.	
Mortero	Padre mío.	1800
Guardián	Agua presto.	
Mortero	El mastín anda fullero con Jesucristo, y se irá al cielo derecho habiendo primero sido turco y cosario treinta años.	1805

(Vase.)

Guardián	¿Qué nombre escoge?
Rosambuco	Benito, que es por elección del cielo.
Guardián	¡Qué caso tan peregrino!

Rosambuco	¡Que me muero, que me muero;
	padre, el bautismo, el bautismo! 1810
Guardián	Aprisa el agua.

(Sale Mortero.)

Mortero	Aquí está el agua
	pues quiere, olvidando el vino
	ser perro de agua el hermano.
(Échale el agua.)	Agora queda más limpio
	que el cristal el azabache. 1815
	Bien puede hacer su camino
	al otro mundo sin miedo
	de irse al infierno ni al limbo.

Rosambuco	No solo le ha dado el alma
	gracia esta agua, padre mío, 1820
	sino la salud al cuerpo
	.... [i-o].

(Levántase.)

Guardián	¡Raro milagro!

Rosambuco	Esto todo
	debo al agua del bautismo,
	padre, y al Jesús del Monte 1825
	y al seráfico Francisco.
	Y en hacimiento de gracias
	por tan grande beneficio,
	a vuestra paternidad
	pido el hábito francisco 1830

de rodillas a sus pies
aunque de él soy tan indigno,
pero supla Dios mis faltas.
Padre, el hábito le pido,
déme el hábito sagrado   1835
como me ha dado el bautismo;
no me niegue tanto bien.

Mortero   Ya que el negro no ha podido
                   darnos hoy un perro muerto,
                   nos quiere dar perro vivo.   1840

Guardián   No puedo a la religión
                   sagrada, hermano, admitirlo
                   porque es esclavo con dueño.

Rosambuco   ¿Ya no es libre el albedrío?

Guardián   Mientras tiene dueño, no.   1845

Rosambuco   Dadme libertad, Francisco,
                   para vestir vuestro traje,
                   para ser vuestro cautivo.

Mortero   Váyase el negro a Guinea
                   a ser fraile o a Tampico,   1850
                   que por acá somos todos
                   aloques, mas no tan tintos.

Guardián   Pídaselo a nuestro padre,
                   que es de Dios grande valido.

Rosambuco   No me he de quitar delante   1855
                   de su altar, y he de pedirlo

| | con lágrimas y oraciones, | |
| | disciplinas y silicios. | |

| Mortero | Más propio fuera pringarse | |
| | con un pernil de tocino. | 1860 |

| Guardián | Vamos, que Dios premiará | |
| | tan católicos designios. | |

| Rosambuco | Para ser esclavo vuestro | |
| | dadme libertad, Francisco. | |

(Vanse y salen Laura y Celio.)

| Laura | Celio, amor es temerario | 1865 |
| | más que niño, más que ciego. | |

Celio	Que mires, Laura, te ruego	
	quién eres, y que es contrario	
	a tu sangre lo que intentas,	
	que mujer tan principal	1870
	en una cárcel real	
	ve expuesta a muchas afrentas;	
	y a muchos riesgos también,	
	aunque el manto más te emboce	
	si tu hermano te conoce	1875
	y sus amigos también	
	entrar o salir.	

Laura	Mi hermano	
	estará por delincuente,	
	Celio, de Palermo ausente;	
	demás, que fue tan tirano	1880
	con su honor, pues me obligó	

a escribir aquel papel.
Que celoso ni cruel
no es ver o temerlo yo,
   pues se ha perdido el respeto   1885
con darse por entendido
que don Pedro me ha querido;
y no puede ser discreto
   ni valiente, quien por tema
de su alevosa esperanza   1890
hizo para su venganza
de su afrenta estratagema.
   Y yo llevo en guarda mía,
Celio, para mi defensa
contra César, si en mi ofensa   1895
quiere su loca porfía
   intentar algún desmán,
lo que basta a no temerlo
              [-erlo]
los alientos que me dan   1900
   los generosos blasones;
porque soy más César yo
que César. Hoy me animó
a puras resoluciones
   este altivo corazón;   1905
que si anoche me rendí
cuando el papel escribí
de que a dar satisfacción
   voy a don Pedro, fue el verme
amenazar de mi hermano   1910
con el acero en la mano
y no poder defenderme
   el valor que hoy me acompaña.

Celio   Laura, pues del español

	amante eres girasol,	1915
	haz tu gusto y, ¡cierra España!	
	Que aunque ves que te prevengo	
	con lo que el valor te advierte,	
	en llegando a resolverte	
	cabrá, con quien vengo, vengo.	1920
	Y si en la cárcel intentas	
	entrar, ésta es, Laura, la puerta.	

Laura   Sígueme, pues voy cubierta.

Celio   Hacer contigo me alientas
                     imposibles.

Laura   Imagina   1925
                     que no vayas ya conmigo
                     sino con Roldán.

Celio   Contigo
                     Roldán fuera una gallina,
                     y haces más siendo quién eres
                     que cuántos la fama anima.   1930

Laura   Nunca comió en este clima
                     la cárcel a las mujeres.

(Salen Estrella y Catalina, tapadas.)

Estrella   Cúbrete bien, Catalina,
                     no te descubran lo negro
                     que habrá. Si te lo divisan   1935
                     estornuda de misterio.

Catalina   Ya sabemo, zeola mía,

	llevar la cara encubierto	
	que tenemo branca el alma	
	si el cuerpo tenemo preto.	1940
Laura	Otras damas de buen garbo	
	dentro en la cárcel entraron	
	porque los dos no seamos,	
	Celio, los de mal ejemplo.	
Estrella	El alcalde viene aquí	1945
	por el rancho preguntemos	
	de mi hermano.	

(Sale el Alcaide.)

Catalina	Preguntamo,	
	que sea cortés cagayero.	
Alcaide	¡Bravas mozas, vive Dios!	
	Bien se nos luce, que hay presos	1950
	de porte.	
Estrella	Señor alcaide.	
Alcaide	¿Qué mandan, reinas?	
Estrella	Don Pedro	
	Portocarrero que trujeron	
	anoche a esta cárcel preso	
	por mandado del virrey,	1955
	¿dónde tiene su aposento?	
Laura	Por don Pedro han preguntado	
	estas mujeres, y pienso	

84

	pues con celos en la cárcel	
	encuentro, que viven dentro	1960
	de estas prisiones también	
	por delincuentes los celos.	

Celio   Por monstruos de amor pudieran
en un calabozo de éstos
para siempre sepultarlos.   1965

Laura   ¿Para qué, teniendo pechos
humanos donde sembrar
tanta lluvia de dineros?

Alcaide   Vuesas mercedes me sigan.

Estrella   El favor agradecemos.   1970

Alcaide   Mi mayor honra es serviros.

Catalina   ¡Qué cagayero tan bueno!

Celio   Estrella será su hermana,
y el hermano compañero,
Rosambuco con basquiñas.   1975

(Vanse.)

Laura   No me hablaron.

Celio   No te vieron,
o no te conocerían
como tú también; que dentro
de la cáscara de un manto
todos los gatos...

Estrella	No creo,	1980
	Celio, nada en mi favor,	
	porque los celos creyeron	
	lo que peor está siempre	
	al discurso de su dueño.	
	Sigámoslas, que imagino	1985
	que aquí entraron.	

Celio   Todos estos
aposentos me parecen
alcobas del mismo infierno.

(Vanse. Salen Estrella, don Pedro, Catalina y Vilhán.)

Pedro   Tan ociosa, Estrella, ha sido
esta visita, que llego   1990
a sospechar que fue achaque
de otro designio.

Estrella   Dijeron
que estabas preso y herido,
y no es nuestro parentesco
tan poco que no me obligue   1995
a esta fineza, rompiendo
por tantas dificultades
como venirte, don Pedro
a visitar a la cárcel,
porque el valor que profeso   2000
imita al Sol, que tocando
la espuma del mar soberbio
un átomo no se moja
ni se humedece en cabello.

Pedro	En lo de preso acertaron,	2005
	en lo de herido mintieron,	
	porque no tienen valor	
	mis enemigos, ni acero,	
	volcanes de fuego y plomo,	
	César, ni César con ellos,	2010
	para teñir con la sangre	
	del blasón Portocarrero,	
	el menor grano de arena	
	con sus cobardes esfuerzos.	
	En mi apellido no hallaron	2015
	jamás carrera ni puerto;	
	pues su excelencia, el señor	
	virrey, que de sus intentos	
	aleves tuvo noticia	
	me trujo en su coche preso,	2024
	con la decencia debida	
	a la cárcel de Palermo,	
	por evitar mayor daño;	
	aunque a Rosambuco temo,	
	por pretender resistirle,	2025
	que le han mal herido o muerto,	
	que es su valor invencible.	

Catalina   ¡Válgame Diosa!

Pedro   ¿Qué es esto?

Estrella	Catalina se ha caído	
	desmayada, porque entiendo	2030
	que a Rosambuco tenía	
	voluntad.	

Catalina   ¡Ay, que me muero!

Celio	Devoción o calidad;
	o negro amor en efeto.
Catalina	Malogróse mi espelanza, 2035
	que fue branca flor de almendro,
	que en saliendo del botona
	templana la lleva el cierzo.
	¡Jesunerisa sea conmigo!
Pedro	Catalina, esto no es cierto, 2040
	que Rosambuco es tan bravo
	que se habrá escapado de ellos,
	más vencedor que vencido.
Catalina	Viva esperamos con eso.
	Consuélete Diosa, amén, 2045
	don Pedro Portocarrero.

(Sale el Alcaide.)

Alcaide	Aquí está un fraile franciscano,
	don Pedro, que quiere veros
	y me ha pedido que os pida
	licencia para este efecto. 2050
Pedro	Querrá poner a estos bandos
	[e-o]
	paces.
Alcaide	Otra señora también
	dice que ha venido a veros,
	pero no la dejé entrar, 2055
	porque el fraile es lo primero.

	Fuése enojada conmigo	
	y también un escudero.	
Pedro	Laura será, mas no importa.	
Alcaide	Dijo que volvería luego.	2060
Pedro	Sírvase el señor Alcaide	
	que entre.	
Alcaide	Trae por compañero	
	....	
	un peregrino mancebo	
	de hermosa presencia y talle.	2065
Pedro	Para todos hay asientos,	
	entren en buen hora juntos.	
Alcaide	Ya voy a obedeceros.	
Estrella (Aparte.)	(¡Cielos,	
	pon paces entre César	
	y mi hermano, pues intereso	2070
	en ello tantas dichas!)	
Pedro	Estrella, con el respeto	
	que te debes te retira,	
	y haz recogimiento en eso	
	de tu casa.	
Estrella	Siempre sabes	2075
	que, por quien soy, te obedezco.	
Pedro	Así de ti lo confío.	

Estrella (Aparte.)	(Visitar al conde espero entre tanto que esto dura.)
Pedro	Adiós, Estrella.
Estrella	Adiós, Pedro, que tendré de tu regalo 2080 todo el cuidado que debo.
Pedro	Dios te guarde.
Catalina	De temora llena vamo, y de rezelo. ¡Valor me dé Jesunerisa sia Rosambuco han muerto! 2085

(Salen san Francisco y el Niño.)

Pedro (Aparte.)	(Ya el religioso Francisco entró con su compañero. ¡Qué veneración que ponen a los ojos y deseos!) 2090
San Francisco	«Deo gracias», señor don Pedro.
Pedro	Guarde a vuestra reverencia Dios, y a su Acates.
San Francisco	Yo vengo a hablar de espacio con vos.
Pedro	Pues sentémonos.

San Francisco	Sentemos.	2095

Pedro (Aparte.) (¡No he visto humildad tan rara!)
Nunca le vi en el convento.

San Francisco Soy forastero, y a mí
me encargaron el suceso.
Hoy llegué a Jesús del Monte   2100
con mi hermano compañero.
Señor don Pedro, un esclavo
tenéis...

Pedro   Decid.

San Francisco   Turco negro,
que se llama Rosambuco,
y a la ley del evangelio   2105
reducido está. Benito,
la iglesia por los secretos
de Dios, le ha dado por nombre
porque llegando al convento
de Jesús del Monte, herido   2110
de muerte, pidió con celo
de su salvación el agua
del bautismo, y tan presto
la gracia, que le dio al alma
como la salud al cuerpo;   2115
y en pago del beneficio
y de milagro tan nuevo,
pidió nuestro hábito santo
con fervorosos deseos.
Negósele el guardián   2120
por esclavo, no por negro,

pues blanco donde Dios tira,
blanco es de grandes aciertos.
Vengo de Dios inspirado
para que pueda tenerlo,   2125
a tratar de su rescate
con vos, porque sois su dueño,
y con el síndico os traigo
mil escudos, que le habemos
entre todos de limosna   2130
juntado, para que el cielo
admire, siendo soldado
de Francisco, con presagios
milagrosos de su vida
que así en el cielo lo espero.   2135
Dicen que le estimáis tanto
que por Mesina y Palermo
no le darás algún día.
Haced cuenta que fue muerto
y Dios le ha resucitado   2140
y que no era esclavo vuestro
según las leyes del mundo
y dadle por este precio
agora, que aunque es tan corto
lo demás lo dará el cielo.   2145

Pedro   Él sabe que yo no diera
ese esclavo por un reino;
pero con vuestras palabras
que me habéis hecho, confieso
tan blanda fuerza en el alma   2150
que os le diera mucho menos
que en lo que de más, y en nada
si no me hallara en extremo
tan pobre y necesitado

	por la fe de caballero.	2155
San Francisco	Dios os lo acrecentará que ésta es, señor don Pedro, gran obra.	
Pedro	Así lo imagino.	
San Francisco	Yo espero en Dios que he de veros con mucha paz y salud.	2160
Pedro	¡Por qué notables rodeos a Rosambuco ha traído Dios para ser su escudero.	
San Francisco	Tinta y papel viene aquí y contado este dinero en oro, tomadlo todo y hacednos recibimiento de vuestra mano que sirva de carta de horro al negro Benito.	2165
Pedro	Sea en hora buena. Idla notando vos mesmo que yo iré escribiendo, padre.	2170
San Francisco	Decid: «Digo yo don Pedro Portocarrero...».	
Pedro	Adelante.	
San Francisco	«Capitán —id escribiendo de infantería española,	2175

	que doy libertad, por precio	
	de mil escudos de oro	
	a Rosambuco mi negro,	
	llamado agora Benito...»	2180

Pedro Benito...

San Francisco «Que me dio luego
de presente Fray Francisco
de Asís...»

Pedro De Asís...

San Francisco «Del convento
de Jesús del Monte...»

Pedro Del monte...

San Francisco «Por la mano...»

Pedro Ya está puesto. 2185

San Francisco «Del Serafín Peregrino
síndico...»

Pedro Síndico.

San Francisco «Nuestro,
como del efecto consta...»

Pedro Oiga, padre, que los vuelvo
al convento, porque sé 2190
que da Dios uno por ciento.

San Francisco	Dios se lo pague.	
Pedro	Prosiga, padre, agora.	
San Francisco	Escriba: «Siendo pues que han de ser tres...».	
Pedro	Ser tres...	
San Francisco	«Testigos, aquí son éstos: las tres personas divinas y un solo Dios verdadero; que es la Trinidad Sagrada tan inefable misterio.»	2195
Pedro	Testigos son, que no habrá quién los tache.	2200
San Francisco	«Fecho...»	
Pedro	Fecho...	
San Francisco	«A tres de mayo...»	
Pedro	De mayo...	
San Francisco	«En la cárcel de Palermo...»	
Pedro	Palermo...	
San Francisco	Firmad, agora.	
Pedro	Don Pedro Portocarrero.	2205

¡Notable cédula!

San Francisco	Agora, hágame el señor don Pedro merced de hacerme la entrega de ese papel.
Pedro	Ya os le entrego.
San Francisco	Mostrad.

(Ve las llagas.)

Pedro   No es ésta la mano   2210
de ningún hombre del suelo.
Vuestra es, Seráfico Santo,
porque ese rubí sangriento
o es vuestro o de Dios que sois
una misma cosa al veros.   2215
Porque con las cinco insignias
que ostentáis, a un mismo tiempo
a Cristo miro en Francisco
y a Francisco en Cristo veo.

San Francisco   Benito, la libertad   2220
que me has pedido te llevo
para ser de Cristo esclavo.

Niño   Yo me voy, pues que ya he hecho
el oficio que me toca
a los impíreos asientos.   2225

(Desaparécense.)

Pedro	El corazón me arrebatas	
	tras de ti, Neblí del Cielo;	
	¡Qué venturoso que es hoy,	
	Rosambuco, tu deseo!	
	Ya tienes todo cumplido.	2230
	Agora has de ser mi dueño.	

Fin de la segunda jornada

Jornada tercera

(Salen fray Mortero de donado, y Catalina.)

Mortero	Nuestra hermana Catalina,	
	a Jesús del Monte sea	
	bien venida, que ha mil años	
	que no entra por estas puertas.	2235
Catalina	Ezamo plesa hasta angora,	
	padre nuessa fray Mortera,	
	como ya habremo sabido.	
Mortero	Ya supe que pidió iglesia	
	don Pedro, que hizo probanza,	2240
	que junto a la propia cerca	
	de Jesús del Monte, que es	
	el cementerio de nuestra	
	casa, le prendió el virrey,	
	y que después de tenerla,	2245
	del monasterio sacó	
	a Laura, donde don César	
	su hermano se retiraba	
	por ciertas desavenencias,	
	que tuvieron en la cárcel	2250
	los dos, y salió con ella	
	a campaña aquella noche,	
	y sabiendo el conde César,	
	que don Pedro hizo esta infamia,	
	con resolución resuelta,	2255
	rompió con Vilhán la cárcel	
	dando garrote a una reja	
	y convocando sus deudos,	
	que todos seguirle muestran	

armados de todas armas   2260
y bocas de fuego, intentan
la venganza de este agravio,
y de los demás, que hoy vuelvan
en la boca de la fama;
y que también su excelencia   2265
los ha llamado a pregones,
y agora de sus cabezas
ha publicado las tallas.

Catalina   Ya sabemo, que en Palerma,
Catalina, nos quedamo   2270
por la disijuladera,
y pléndida nos pusimo
a cuisitiona de tormenta,
en cueras, como su madre
en Mandonga nos pariera,   2275
y de látima quitamo
de la pobra la virreya;
y tu amo por escrava
ha de estar cuatro mesas
en la cárcel, que pensamo   2280
delante la pregonera,
y lo verdugo detrasa
salir como para eya,
con cien priscas a la cola.

Mortero   Todo, hermana, fuera   2285
para merecer con Dios.

Catalina   Mejor, padre fray Mortela,
supo hacer.

Mortero   Los regalos

| | de Dios siempre los desean | |
| | sus siervos. | |

Catalina	No dezeamo,	2290
	regalo de azota en cueras,	
	que aunque negla, zamo honrada.	

Mortero	En Italia, ni en su tierra	
	no se han cortado mejores	
	otras dos varas de felpa;	2295
	yo he tomado a cargo mío	
	escribir su historia en lengua	
	española y siciliana,	
	en la latina y la griega.	

| Catalina | ¡Válgame Diosa, lo que | 2300 |
| | ha estodiado fray Mortera! | |

Mortero	Desde que le cautivaron	
	sobre la Pantasilea,	
	hasta recibir el agua	
	del bautismo, y de la iglesia	2305
	entró a ser hijo, y hasta	
	vestir la parda librea	
	del seráfico Francisco,	
	grangeando a penitencias	
	peregrinas, en el cielo	2310
	para tan dichosa empresa,	
	la libertad deseada,	
	por una cédula hecha	
	de don Pedro, que a las manos	
	del guardián según se cuenta	2315
	milagrosamente vino,	
	dispensándole por ella	

el año de aprobación,
con tan altas excelencias
de virtud, que pone espanto,   2320
a todos cuantos profesan
los rumbos maravillosos
de la seráfica regla.
No se le conoce cama,
ni mesa, porque en la tierra   2325
con la humildad igualando
es su cama y es su mesa;
de garfios trae por cilicio,
rodeada una cadena,
almilla de un alma, que hace   2330
con el cuerpo taracea.
Cojos sana, mancos y otras
paralíticas dolencias,
que es gran jugador de manos,
de brazos, pies y de piernas;   2335
y sin haber estudiado
jamás, habla en cualquier ciencia,
y latín mejor que turco,
con ser su nativa lengua.
Cada momento a ojos vistas   2340
con el demonio pelea,
y viene a brazo partido
rodando por la escalera.
De noche se crucifica
en una cruz en la huerta,   2345
habiéndola antes llevado
un gran distrito a cuestas.
Al sagrado sacerdocio
los prelados le amonestan,
y él se excusa con decir   2350
que quiere seguir las huellas

de su seráfico padre,
mirándose indigno de esta
dignidad. ¡Lo que tardara,
Jesús, si misa dijera!   2355
Para un cazador, o para
un pretendiente, que cuenta
los bocados a su vida,
los átomos a sus quejas;
y con ser lego no más,   2360
con los oficios le ruegan
del convento y la provincia.
.... [e-a]
Gime, y llora de rodillas,
la boca por tierra puesta,   2365
suplica que no hagan burla
de él con tan pesadas veras.
Cuando va a pedir limosna
a los muchachos que encuentra
les pide que le estornuden,   2370
que le tiren lodo y piedras,
y algunas veces y muchas
le obedecen, y se mezclan
entre ellos, para afrentarle,
demónico de la escuela   2375
de Lucifer, que la dan
méritos, cuando más piensan
que han de inquietar su constancia,
y deslucir su paciencia.
Y yo excuso de ir con él   2380
todas las veces que intenta
humilde que le acompañe,
que vuelvo como una breva;
y si no me engaño agora,
hacia el altar mayor suenan   2385

sus voces, y viene dando
por los escalones vueltas
con algún demonio, que
por la maroma voltea
del infierno, se ha encontrado.   2390
¡Con notable estruendo rueda!
El templo se viene abajo.

Catalina   Jesuncrisa sea con ella,
                        con fray Mortera y conmigo.

(Suena ruido y sale rodando Rosambuco, vestido de lego con sangre en la
cara.)

Rosambuco   Bestia de siete cabezas,   2395
                        que quebranto aquella planta
                        pura, de la mejor Eva,
                        no has de rendirme, aunque más
                        contra mí te armes de ofensas
                        alevosas y villanas.   2400

(Dentro una Voz.)

Voz   Tizón, que aspiras a estrella,
                        noche del Asia, que a ser
                        Sol de Palermo te alientas,
                        yo me vengaré de ti.

Rosambuco   Cobarde, que a la pendencia   2405
                        por las espaldas embistes,
                        tus amenas soberbias
                        no temo; que tengo el alma
                        guardada de la presencia
                        de Dios. Infernal lechuza,   2410

ya tus oscuras tinieblas
huyen de su luz.

Mortero   ¿Qué es esto,
                    padre Fray Benito?

Rosambuco   Cierta
                    pendencia, nuestro hermano
                    Fray Mortero, con aquella   2415
                    antorcha de la mañana
                    que se anocheció ella mesma
                    con aquel Ícaro loco,
                    que osó con alas de cera
                    asaltar del mejor Sol   2420
                    los rayos y aun no escarmienta.

Mortero   Ya conozco, padre mío,
                    quién es por las mismas señas
                    esa figura. ¡Ay!

(Danle.)

Rosambuco   ¿Qué es esto?

Mortero   Hanme aturdido la testa   2425
                    con gran tamorilada,
                    que ser mayor no pudiera
                    de una mano de reloj;
                    y mano que tanto pesa,
                    ni es para aqueste Mortero,   2430
                    ni para ninguno buena;
                    désela su dueño a Judas
                    para que mate candelas,
                    y sea en las semanas santas

	la paulina de tinieblas.	2435
Rosambuco	Persígnese, Fray Mortero.	
Mortero	¡Y cómo!	
Rosambuco	Ya tenga paciencia; que anda este rey de las sombras muy licencioso.	
Mortero	En la iglesia es mucha bellaquería, mucha infamia y desvergüenza. Váyase a algún carnicero, y váyase a alguna despensa por la señal de la Santa Cruz.	2440

(Persígnese.)

Rosambuco	Ésa es grande defensa, porque es la espada con que venció Dios la muerte mesma.	2445
Catalina	Yo también me persigno.	
Rosambuco	¿Qué hay por acá, hermana nuestra Catalina?	
Catalina	Nuesa padre Benito, venimo a vella, y a consolanda también.	2450
Rosambuco	Ya supe que estuvo presa;	

	¿qué sabe de los hermanos don Pedro, Laura y Estrella?	2455
Catalina	Desde que en campaña fuimo, no se sabimo más de eya viva, ni muerta en o mundo.	
Rosambuco	Dios de su mano los tenga que les debo obligaciones y nunca me olvido dellas.	2460
Catalina	Ni de mi olvidamo, padre, ya que somo entrambas pretas.	
Rosambuco	Hagamos, hermana mía que las almas no lo sean ya que los cuerpos lo son.	2465
Catalina	Plegan Diosa verdadera.	
Rosambuco	Yo se lo suplicaré a Su Majestad inmensa en mis pobres oraciones.	2470
Catalina	Basamo los pes por eya, que de rodilla pedimo santa turca, santa negla de Palermo, y de mi alma.	
Rosambuco	Alce, hermana, de la tierra, acabe, levante, diga, ¿qué es lo que hace? ¿Qué intenta?	2475

(Levántase endemoniada.)

Catalina	Devanécete, villano,	
	Etiope, sombra fiera,	
	de la capilla francisca,	2480
	que su religión afrentas.	
Mortero	Loca se ha vuelta la hermana.	
Rosambuco	Catalina, en otra lengua	
	la primer verdad que has dicho	
	en toda tu vida es ésa.	2485
	Vil padre de la mentira,	
	equivocarme pudieras	
	a no haberte recatado	
	como áspid entre la hierba.	
Catalina	¡Engañar quieres a Dios	2490
	con hipocresías modestas?	
Rosambuco	No puede ser engañado	
	Dios, que es la misma evidencia,	
	suplir mis faltas y yerros,	
	y perdonar mis ofensas,	2495
	porque su misericordia	
	mayor es que las arenas	
	y los átomos del mar.	
	Mas tú, desbocada fiera,	
	mas tú, criatura ingrata,	2500
	que no puedes merecerla,	
	porque no puedes volverte	
	atrás por inteligencia,	
	y yo puedo arrepentirme,	
	y ver a Dios, que se niega	2505
	a tus ojos para siempre,	

¿en qué valor, en qué fuerza
te confías?

Catalina
                    En las propias
con que arranqué las estrellas
tras mí.

Rosambuco
                    Con esas andas   2510
en las mazmorras eternas
desde entonces arrastrando.

Catalina
Bárbaro, ¿tú las apuestas
conmigo?

Rosambuco
                    Y con todos juntos
el infierno, como tenga   2515
a Dios de mi parte.

Catalina
                    ¿Tú,
siendo un borrón de su idea,
un escarabajo, un topo?

Mortero
¿Qué haya dado aquesta negra
en estar endemoniada,   2520
sin qué ni para qué sea?
Como si su catadura
de nuez moscada bayeta
maridaje de mendiga
no le bastaba por treinta   2525
flamencos experitados,
si con sus teces trigueñas
la berenjena en arrope,
en morcilla y girapliega?

Catalina	¿Quién le mete en eso al fraile	2530
	vinagre, si no desea,	
	que otra mano de almirez	
	sobre su mortero venga?	
Mortero	¡Eso no, por la señal	
	de la Santa Cruz!	
Catalina	Sin ella,	2535
	¿cómo sacó hoy de la olla	
	de los enfermos tres piernas	
	de gallina, y se las fue	
	a merendar a la huerta?	
Mortero	Porque estaba enfermo de hambre	2540
	y es natural la defensa.	
Catalina	Y los pies de puerco, infame,	
	que hurtaste de la despensa	
	¿fiambres esta mañana	
	antes que a Palermo fueras?	2545
Mortero	Más hice en comerlos yo,	
	que eran tan de puerco o puerca,	
	que en su vida habían traído	
	escarpines ni calcetas.	
Catalina	Chistes conmigo, menguado,	2550
	¿siendo yo quien los inventa?	
Mortero	Siempre fuiste invencionero.	
Catalina	Allá va la mano.	

Mortero	¡Tenga! ¡Por la señal de la Cruz Santa!	
Catalina	Yo os cogeré en la celda dormido.	2555
Mortero	Echaréme yo por manta una cruz a cuestas.	
Rosambuco	¡Ea, fray Mortero, déme el hisopo y la caldera de agua bendita, que quiero sacar esta sierpe eterna de este cuerpo miserable.	2560
Mortero	Voy en volandas por ella.	
Catalina	No he de salir aunque encima me eches el mar.	
Rosambuco	Norabuena, yo te haré salir a puros cordonazos.	2565
Catalina	¡Para ella, para ella, hermana prima!	
Rosambuco	¿Burlas haces de mis veras? No sabes tú que soy yo más valiente que tú muestras? Dios me ayudará.	2570

(Sale fray Mortero con caldero y hisopo.)

Mortero	Aquí está.
	¡Fuera dije, fuera, fuera!
	¡El recado de hacer sopas
	a esta canalla sedienta! 2575
Rosambuco	Muestre acá, hermano, el hisopo.
Mortero	Tome, vuesa reverencia,
	y enjuágueme a Catalina
	por de dentro y por de fuera.
Rosambuco	¡Ea, maldita criatura, 2580
	reconoce tu sentencia,
	y de esta mujer humilde
	el alma y el cuerpo deja,
	que yo te lo mando de parte
	de Dios.
Catalina	¿Cómo no me muestras 2585
	la comisión que te ha dado
	de su firma y de su letra?
	Porque no siendo ordenado
	es imposible que puedas
	compelerme, motilón, 2590
	para que yo te obedezca.
Rosambuco	Pues entretanto, obstinado
	monstruo, que yo se la pueda
	merecer y hacer hoy una
	bien precisa diligencia, 2595
	donde para condenarse
	algunas almas se arriesgan,
	a quien debo obligaciones

te he de dejar a la puerta
de este edificio sagrado,   2600
atado en esta cadena
de este rosario, pues otro
Benito te ató en la mesma.

Catalina   ¿Eres tú como él?

Rosambuco   Su nombre
me ayudará en esta empresa.   2605

Catalina   Como perro me has tratado
siéndolo tú.

Rosambuco   Feroz bestia,
perro leal soy de Dios.
Tú con la rabia primera,
morder quisiste a tus dueños,   2610
y San Miguel, la defensa,
saliendo saludó el aire
imperio de tu soberbia.
Vestigio indomable, vamos.

Catalina   Benito, ¿dónde me llevas   2615
de esto modo atropellado?

Rosambuco   A ponerte a la vergüenza
hasta que vuelva.

Mortero   Y después
te hemos de echar en galeras,
ipor la señal de la Santa   2620
Cruz!

Catalina	¡A los cielos pesia pues le da tanto poder a una escultura de tierra!	
Rosambuco	Tiene por alma el retrato de Dios.	
Mortero	¡Padre, vuelva, vuelva con brevedad! Que estará este mastín en su ausencia echando alquitrán y azufre. ¡Maledite, salte afuera!	2625

(Échale fray Mortero el agua y vanse y salen don Pedro y Laura, vestidos de bandoleros con charpas y pistolas.)

Pedro	No temas todo el poder, Laura, del mundo conmigo.	2630

Laura	No es César tanto enemigo
	que yo le pueda temer,
	  ni a cuantos deudos están
	en su aleve compañía
	porque aunque son sangre mía,
	de tu valor me la dan
	  mayores obligaciones
	granjeadas de mi amor.
		2635

Pedro	Conocerá mi valor en la que, Laura, me pones lo que durare este acero, de quien satisfecho estoy; que soy español, y soy don Pedro Portocarrero.	2640 2645

Que es mucho el empeño mío
y tus finezas son más,
para no volverse atrás
las deudas de mi albedrío.
   ¿Qué arroyo que despeñado   2650
deja entre verde espadaña
la furia de la montaña
por las caricias del prado,
   volvió a los peñascos fríos
de su nobleza solar,   2655
hasta parar en el mar
que es la muerte de los ríos?
   No es, Laura, con tu fineza
menos arroyo mi amor,
y solo competidor   2660
de mí mismo en la nobleza.
   Estrella se nos quedó
con Celio, como estos días
duran sus melancolías
en campo se perdió   2665
   que no los descubro aquí.

Laura	Al castillo se habrá vuelto donde tu valor resuelto se opone al mundo por mí.
Pedro	Volvámonos, pues, allá; 2670 que temo del escuadrón de César una traición desmintiendo su nobleza; que los que a cobardes hechos lo que heredaron ocultan 2675 siempre las espaldas buscan para pasarse a los pechos.

Y Estrella se habrá al castillo
retirado, viendo el Sol
que va al ocaso español   2680
que yo, con los que acuchillo
le buscaré cara a cara,
para acabar de una vez
con su soberbia altivez.

(Por las espaldas salen el Conde, Vilhán, Estrella y algunos bandoleros con charpas y pistolas.)

Conde   Estrella, no le fue avara   2685
                 la que te conduce hoy
                 a mis manos, pues tenía
                 prendas de ti el alma mía.

Estrella   Tuya, conde César, soy,
                 protestando que has de ser   2690
                 mi dueño; mas el tirano
                 rigor de ir contra mi hermano
                 no es de tan noble mujer.
                 Como yo, siendo española,
                 Portocarrero y Guevara,   2695
                 y Estrella, que por lo clara
                 de sangre, al Sol arrebola.

Conde   En Laura, que contra mí
                 viene, tienes ejemplar
                 también.

Estrella   Laura llega a estar,   2700
                 conde, ofendida de ti,
                 y es mujer, y la mujer
                 nació, por el ser que alcanza,

de un parto con la venganza.

Conde   Ya, Estrella, no puede ser   2705
             menos, en esta ocasión,
             que el de esposo es más cercano
             parentesco que el de hermano.

Pedro   Nunca contra la traición
             fue bastante, Laura mía,   2710
             el valor sin el cuidado
             al matar anticipado.

Laura   Tienes razón, y del día
             creciendo las sombras van.

Pedro   Ya estamos sin gente aquí,   2715
             Laura, pero no sin ti,
             en quien cifrados están
             juntos tantos corazones.

Laura   El tuyo, heroico español
             rayos puede dar al Sol   2720
             de empresas y de blasones.

Conde   Gente suena aquí, y si no es
             engaño de ilusión vana,
             don Pedro son y mi hermana.

Pedro   Las estampas de tus pies   2725
             voy siguiendo, Laura hermosa,
             que vas volviendo con ellas
             las flores del campo estrella.

Conde   Ocasión es venturosa,

	pues los hemos encontrado	2730
	solos.	

Vilhán	Y no es lo peor,
	de espaldas.

Conde	A mi valor
	no le da un mundo cuidado.

Vilhán	Con todo es lo más seguro.

Estrella	No lo tienes de intentar.	2735

Conde	Estrella, no has de estorbar
	la venganza que procuro.
	¡Mueran!

(Disparan y sale Rosambuco.)

Rosambuco	No podréis tan presto,
	que he de volver, inhumanos,
	a los aires con las manos	2740
	las balas.

(Hace que las aparta con las manos.)

Conde	¡Cielos! ¿Qué es esto?

Rosambuco	Venir un hombre a pagar
	lo que debe a su señor.

Pedro	¡El conde es, Laura!

Laura	¡Ah, traidor!

Pedro	Mi valor has de probar.	2745
	Muera toda esta canalla,	
	que hacerme inmortal espero;	
	a Estrella a su lado veo	
	que debieran de encontralla.	

Vilhán	¿A estas horas nos dan? ¿Cómo?	2750
	El fraile mago, señor,	
	es el mayor jugador	
	que hay de pelotas de plomo.	

Conde	De asombro se me ha caído	
	la pistola de la mano.	2755

Pedro	¡Muera mi hermana!

Laura	¡Y mi hermano!

Rosambuco	Dése, don Pedro, a partido	
	vuestro coraje español,	
	que hoy habéis visto poner	
	el Sol; y al amanecer	2760
	quizá no vierais al Sol;	
	que estaba dada de Dios	
	por decreto singular	
	sentencia para bajar	
	hoy al infierno los dos.	2765
	Y a no haber intercedido	
	el seráfico sagrado	
	de quien soy subdelegado	
	como más agradecido	
	de haberme, sin interés,	2770
	dado la carta de horro,	

que fue de mí bien socorro,
que le tocó por quien es.
　Dios y por Francisco luego
apelando a su clemencia,   2775
la pronunciada sentencia,
y su medianero tan lego
　como fray Benito, envía
a templar esos enojos,
y a pasaros por los ojos   2780
la muerte que os desafía
　cada instante, y el infierno
que os amenaza también.
Enmendaos y vivid bien.
Mirad que hay castigo eterno   2785
　para un odio temporal;
que Dios, don Pedro, consiente
mucho mas no eternamente.
Y procure cada cual
　mirar muy bien cómo vive;   2790
pues no tiene hora segura
esta humana arquitectura
que asaltos tanto recibe
　de la muerte cada día,
con accidentes tan varios   2795
que se arman los contrarios
contra tan grande monarquía,
　donde, como en mar y en tierra
su poder se solemniza
y gusanos de ceniza   2800
a Dios no le han de hacer guerra,
　que somos, aunque parece
que en nosotros se retrata,
hojas que el viento arrebata,
sombras que el Sol desvanece.   2805

Conde	Mucho Dios encierra en este prodigio de santidad.
Pedro	Todo es rayos de piedad este prodigio celeste.
Conde	Quitámonos de delante 2810 de él, que nos da confusión, asombro y veneración su prodigioso semblante.

(Vanse.)

Pedro	Vámonos, Laura, de aquí aunque helada estatua soy 2815 con lo que habemos visto hoy yendo contigo y sin mí.

(Vanse.)

Rosambuco	Señor, poned vuestra mano en hacer las amistades de estas dos parcialidades, 2820 ruina del pueblo cristiano.

(Dentro da voces Catalina.)

	Voces parece que escucho de aquel vestigio cruel que dejé atado de aquél que agora es nada y fue mucho. 2825
Catalina	¿Vienes Benito? ¿Benito,

121

vienes?

Rosambuco   ¡Ah, cobarde! Ya
conocerás cómo está
en el valor infinito
    del nombre de tan gran santo,   2830
la virtud con que te ha hecho
dar voces a tu despecho
conmigo, haciendo otro tanto
    que con el gran patriarca
honor del Monte Casino,   2835
donde de esplendor divino
lleno, tirano monarca
    de las tinieblas, te ató
de tus soberbias en pena.

(Sale Catalina.)

Catalina   ¡Que me ahoga esta cadena!   2840
Benito, ven, que yo
    te doy palabra, si de ella
me desata tu poder,
de dejar esta mujer
que estoy más opreso en ella,   2845
    y atormentado que en el
fuego del infierno todo.

Rosambuco   Fue quien nos sacó del lodo
su dueño, monstruo cruel,
    y basilisco infernal,   2850
porque a su rosario dio
la Rosa de Jericó
esa virtud celestial.
    La sin mancha concebida,

	la que en la idea del Padre	2855
	antes del tiempo fue madre	
	de Dios, por él elegida,	
	la que quebrantó tu frente,	
	la blanca Estrella del Mar.	

Catalina   Yo lo confieso a pesar   2860
                de todo el infierno ardiente.

Rosambuco   Eso sí, cuerpo de vos,
                aunque cuerpo no tenéis
                que aunque no queráis, debéis
                confesar honras a Dios.   2865

Catalina   Sácame, acaba, Benito,
                de esta insufrible prisión.

Rosambuco   Ésta fue la comisión
                que contra ti solicito.

Catalina   Bastante es a compeler   2870
                todo el infernal abismo,
                que está sin nada del mismo
                Dios, por tan pura mujer.

Rosambuco   Pues en virtud de ella, sal
                de ese cuerpo, sierpe vil.   2875

Catalina   Ya la obedezco, alguacil
                de su corte celestial.
                Y la pongo, como ves
                en la boca y la cabeza
                que me rompió la pureza   2880
                de sus virginales pies.

Y vencido y afrentado,
escupiendo áspides voy,
adonde de Dios estoy
para siempre desterrado.   2885

(Hacen ruido y cáese en el suelo Catalina y sale Mortero.)

Rosambuco   Allá vais, y no tornéis
cizaña de los mortales,
escándalo de las vidas
y autor del primer achaque.

Mortero   Padre fray Benito, sea   2890
bienvenido de la parte
donde le mandó Dios ir,
que es famoso caminante;
que yo, desde que se fue
no he pisado estos umbrales   2895
donde este mastín no ha hecho
sino ladrar y llamarle.

Rosambuco   Ya fue, hermano, Dios servido
que de atormentarme dejase
a la hermana Catalina   2900
que como difunta yace
en la tierra de rendida,
que quiso Dios enviarle,
por secretos suyos, este
regalo, para que nadie   2905
se descuide de servirle,
de la tierra le levante
y éntrela, hermano, en la iglesia,
porque dentro de ella pase
este trabajo.

Mortero	Parece	2910

que de mi miedo no sabe
ninguna cosa hasta agora,
vuestra reverencia, padre.

Rosambuco   No es contra el hábito, hermano,
rodó el infierno bastante.   2915

Mortero   ¿Y corren la misma cuenta
los donados que los frailes?

Rosambuco   Esta jerga, fray Mortero,
se venera en cualquier parte.
Ea, pues, tómela en brazos,   2920
y no tema. Dios delante.

Mortero   Detrás lo quisiera yo
agora.

Rosambuco   Dios que no cabe
en cielo y tierra lo lleva
todo. No hay que limitarle   2925
ningún lugar.

Mortero   Todavía
huele a azufre miserable.

Rosambuco   Vaya con ella.

Mortero   Yo voy
con gentil costal de herraje;
mucho pesa un perro muerto,   2930
si a cuestas ha de llevarse.

(Vanse.)

Rosambuco   Hoy es Viernes de la Cruz
que se tremola estandarte
con Dios Hombre sobre el Monte
Calvario, sangriento Atlante,   2935
y a mi ordinario ejercicio
no es justa razón que falte,
aunque de tantos reencuentros
flaco el espíritu escape.
Busquemos, pues, en la huerta,   2940
como suelo, este admirable
árbol de la vida hermoso
porque a sus sombras descanse.
Ya le descubro, y los hombros
apercibo para darles   2945
este peso venturoso
de dos balanzas tan graves
de la gracia y de la culpa;
que para que más pesase
la balanza de la gracia   2950
esmaltada de su sangre
pura, inclinó la cabeza
dando el espíritu al Padre.

(Descúbrese una cruz y al pie de ella el Niño dormido, en una calavera recostado.)

              ¿Qué niño es éste que miro,
Narciso de estos cristales,   2955
que sobre una muerte duermes
al pie de este árbol triunfante?
Mas ya por las mismas señas

os conozco, Hijo del Ave,
que voló hasta Dios, y trajo   2960
a Dios consigo al encarnarle.
Cordero Pascual, que al pie
del ara estáis, ¿quién os trae
otra vez al sacrificio
pues la primera escapasteis   2965
tan herido y tan sangriento?
Pero no quiero admirarme,
que para morir de nuevo
mis culpas serán bastante.

Niño   Benito, tu amor me obliga   2970
que en este puesto te aguarde,
que es cama de compañía
donde vengo a regalarme
para ayudarte a llevar
ese madero admirable   2975
de la redención del mundo,
pues con él los viernes haces
memoria de mi pasión;
porque pretendo pagarte
lo que antes de ser tan mío   2980
hacer conmigo intentaste.
(Levántase.)   ¡Ea, Benito!

Rosambuco   Señor,
¿cómo intentáis humildades
de un gusano tan indignas?
No hay esferas que lo alcancen.   2985
Basta que me permitís
con tantas indignidades
que pise la tierra.

Niño	Presto	
	de los humanos contrastes	
	victorioso pisarás,	2990
	Benito, impíreos diamantes.	
Rosambuco	Dejadme, pues que dé albricias,	
	Dios mío, de nuevas tales.	
	En lágrimas de contento	
	todo el corazón desate.	2995

(Tocan cajas.)

Niño	Agora importa que vivas	
	a mi fe, que estos marciales	
	instrumentos, que se escuchan	
	son de un pirata arrogante	
	que envidioso de tus dichas	3000
	baja alterando los mares	
	de Sicilia, con pretexto	
	de abrasar este homenaje	
	sagrado, que patrocino	
	y defiendo, y de llevarle	3005
	tu cabeza al turco, siendo	
	bárbaro horror de Levante.	
	Benedicto Esforcia, de este	
	convento, por quien tomaste	
	el nombre, fue fundador	3010
	ilustre, de semejantes	
	casos advertido, como	
	este edificio en el margen	
	del mar, se mira de lejos,	
	un Armería dio sus frailes	3015
	para defenderle, siempre	
	que suceden estos lances.	

128

	Hazlo armar, que yo quiero	
	también capitán me halles,	
	y que Francisco, mi alférez	3020
	mayor, tremole en los aires	
	mi bandera, con las cinco	
	sangrientas quinas reales.	

Rosambuco   Pues, Señor, con tal caudillo,
¿Qué mundo hay que me basten?   3025

Niño   ¡Al arma, pues! Antes que
pisen las bárbaras haces
la playa del mar Tirreno,
y mi fortaleza asalten.

Rosambuco   ¿Cómo asaltar? Vivís vos   3030
por tantas eternidades,
que no ha de quedar de todos
un átomo, que se escape
de mi acero.

Niño   ¡Ea, soldado
de Cristo!

Rosambuco   No tiene sangre   3035
el mundo para verterla
por vos.

(Sale Mortero.)

Mortero   Padre mío, ¿qué hace?
Que más de treinta bajeles
por esos azules mares
han llegado a nuestra orilla;   3040

y yo vengo a que se arme
con esta espada y rodela
acaudillando sus frailes.

Rosambuco   Dame, hermano fray Mortero,
que en católico coraje   3045
se me enciende el corazón.

Mortero   ¡Al arma, mueran los canes,
y viva la fe de Cristo!
Nuestro seráfico padre
también viva, y hacia el mar   3050
nuestra compañía marche.

Rosambuco   Marche, para que tiemble el abismo,
la siempre ardiente despachada esfera,
y cuantos contra el agua del bautismo
despide esotra bárbara ribera,   3055
y muera este pirata de sí mismo
que en pájaros de pez y de madera
con los cinco mástiles por plumas
devana el viento y tala las espumas.
Caballo soy de Dios que. desbocado   3060
primero de mis locos desvaríos,
de mi propio furor precipitado
corrí por entre escollos y bajíos,
ya de la fe católica enfrenado,
relinchando y de los alientos míos   3065
escuchando los bélicos ensayos
tascando fiero y escupiendo rayos.
Antes que este tirano desembarque,
bárbaro Arraz, la otomana Luna,
y escalas ponga a la pared del parque   3070
de esta de Dios seráfica coluna

ni las arenas de sus plantas marque,
prometiéndose próspera fortuna;
recibid el volante escuadrón fiero
con áspides de pólvora y acero.   3075
  ¡Arma, pues, soldados míos!
  ¡Arma, valientes soldados
  de la seráfica iglesia!

Mortero   ¡Arma, que he de hacer pedazos
                   a un escuadrón de Mahomas!   3080
                   ¡Fray Mortero soy, perraros!

(Éntrase y dase la batalla dentro.)

Primero   ¡Mueran, genizaros fuertes,
                   estos papaces cristianos,
                   y Rosambuco, mal turco,
                   de Mahoma renegado!   3085

Rosambuco   ¡Perros, vosotros primero,
                   y para siempre tiranos,
                   que es lo peor!

Mortero   Y las lunas
                   del Asia están ya rodando.

Rosambuco   Pues, ¡viva la fe de Cristo,   3090
                   Jesús del Monte, soldados!

Mortero   ¡A ellos y cierra España!
                   Que es echar por el hatajo
                   y por la España, Mortero,
                   apellidaré «¡Santiago!».   3095

Primero   ¡Rayo de Alá y de Mahoma
                 es el negro!

Rosambuco   ¡Ah, perros blancos,
                 ninguno me ha de quedar
                 que se escape de mis manos!

Segundo   ¡Huyamos al mar, que un Niño   3100
                 con una espada en la mano,
                 y un papaz, retrato suyo,
                 con una bandera a rayos
                 sobre nosotros el viento
                 cuaja!

Primero   ¡Huyamos!   3105

(Sale armado Mortero.)

Mortero   ¡Victoria por Jesucristo,
                 por su madre y por el santo
                 de los santos más humilde,
                 seráfico soberano!
                 Al son que le hemos hecho   3110
                 lindamente hemos danzado.
                 ¡Y pocos turcos en seco!
                 ¡Oh, cómo huyen los galgos,
                 como es hecho, por el golfo!
                 Agora, si no me engaño,   3115
                 viene el padre guardián
                 con fray Benito en los brazos.

(Saca el Guardián a Rosambuco, herido.)

Rosambuco   ¿Dónde me lleváis, adónde?

Guardián	A la enfermería vamos.	
Rosambuco	No es menester, padres míos,	3120
	que heridas de amor tan alto	
	no tienen cura ninguna.	
	Ni la quiero ni la aguardo,	
	que quiere aquél que me ha herido	
	que muera de enamorado.	3125
	Llévenme al altar mayor,	
	vuestras reverencias, paso	
	a paso, que para hacerme	
	rico con Dios que es el blanco	
	de este venturoso negro,	3130
	solo estoy solicitando	
	este pie de altar que hallé,	
	de Jesús acompañado,	
	y Francisco. Morir quiero,	
	que los dos me están llamando	3135
	muy aprisa ya.	
Guardián	Pues, padre	
	fray Benito, vamos, vamos.	
Rosambuco	Presto me cumplís, Jesús,	
	Dios de Amor y no vendado,	
	la palabra que me disteis.	3140
Guardián	¡Grande pérdida esperamos!	
Mortero	Tras fray Benito me voy	
	que esta victoria es aguado	
	con su enfermedad agora,	
	y negra dicha le mando	3145

si le falta a fray Mortero
Fray Benito, el negro santo.

(Vase. Salen don Pedro y Laura de bandoleros.)

Pedro	Sin saber, Laura, por dónde	
	ni cómo en el templo santo	
	del seráfico Francisco	3150
	y Jesús del Monte estamos.	

(Salen el Conde, Estrella. y Vilhán.)

Conde	Sin ver por donde venimos	
	ni quien nos trae, el sagrado	
	templo de Jesús del Monte	
	confusamente pisamos.	3155

Laura	¡Prodigioso caso ha sido!

Estrella	¡Ha sido notable caso!

Vilhán	O lo sueño o pienso, César,
	que venimos por ensalmo.

Pedro	El conde, Laura, y Estrella,	3160
	si no es ilusión y engaño	
	de la vista, están aquí.	

Laura	Verdad es, no antojos vanos.

Conde	Estrella, Laura y don Pedro	
	Portocarrero, si acaso	3165
	imaginación no ha sido,	
	están aquí.	

| Estrella | Imaginados |
| | o verdaderos, son ellos. |

| Conde | Con menos semblante airado |
| | lo llego a ver. |

| Laura | ¡Milagroso | 3170 |
| | suceso! |

| Estrella | ¡Suceso raro! |

(Corren una cortina y aparécese Rosambuco en el suelo y un crucifijo en las manos, y el Guardián y Mortero al lado.)

Rosambuco	Aquí, habiendo recibido
	los sacramentos, aguardo
	morir con gusto, que aquesta
	piedra en que estoy reclinado	3175
	y esta cama, que la tierra
	me da, a ningún bien igualo,
	porque de aquí he de salir
	a tan eterno descanso
	como en la palabra dada	3180
	fío.

| Guardián | Padre, fray Benito. |

| Mortero | Padre mío, padre amado. |

| Pedro | ¿Qué es lo que mis ojos ven? |

| Conde | ¿Qué es lo que estamos mirando? |

Pedro	Laura.	
Laura	Fray Benito es,	3185
	que al pie del altar sagrado	
	mayor de Jesús del Monte	
	y Francisco es nuevo retrato.	

(Sale Catalina.)

Catalina	Nuesa padre fray Benita	
	venimo a ver, ya que zamo	3190
	en Palerma sabidora	
	de su muerte malogrado.	
	¡Ay, Diosa, qué bien parece	
	con Jesuncrisa en la mano!	
Pedro	Parece que con los ojos,	3195
	Laura, nos está llamando.	
Conde	De lengua, Estrella, le sirven	
	los ojos para llamarnos.	
Rosambuco	Conde César y don Pedro	
	Portocarrero mi amo,	3200
	que es justo que así le nombre	
	a quien me hizo de esclavo,	
	dándome la libertad,	
	digno de este hábito santo,	
	que me solicita el cielo	3205
	después de morir cristiano,	
	habiendo nacido en clima	
	tan lejos del bien que aguardo.	
	Dios en mi muerte, este día	
	se ha servido de juntaros	3210

con Laura y Estrella, a quien
la fe y palabra habéis dado
de legítimos esposos. Cumplidla,
para dar a vuestros bandos
fin, haciéndoos firmemente   3215
amigos y luego hermanos,
que el perdón de su excelencia
el virrey queda a mi cargo,
que esto le he pedido a Dios.
Daos las manos y los brazos   3220
agora.

Pedro   A impulsos soberanos
¿quién puede negarse?

Conde   A tanto
móvil, ¿quién se ha resistido?

Pedro   Sean, conde, estos abrazos
eternos.

Conde   Éstos, don Pedro,   3225
corran al vencer los años.

Pedro   Sirviendo a Estrella los míos.
Y a Laura, los que os he dado.

Estrella   Vuestra esclava, hermano soy.

Laura   Yo lo mismo digo, hermano.   3230

Guardián   ¡Gran caso ha sido!

Mortero   No es éste

de los menores milagros
que este santo negro ha hecho.

Rosambuco   Ya, Señor, voy descansando
con la merced que me hacéis.   3235

(Suenan chirimías y aparece en lo alto el Niño.)

Niño   Pide otra merced, bizarro
soldado de mi milicia.

Rosambuco   Con rey, que hace a sus soldados
tantas mercedes, no quiero
andar cobarde ni escaso.

Niño   ¿Qué quieres?   3240

Rosambuco   Que me cumpláis
un deseo, que ha luchado
conmigo infinitos días;
que es por último regalo
en mi muerte de mi vida,   3245
revelarme el acto, cuando
a Francisco le imprimisteis
en el Monte Alberna al hado
con cinco rojos trofeos
de vuestra pasión los clavos.

Niño   Vuelve los ojos y mira;   3250
allí está Francisco.

(Arriba corren una cortina y está el santo con las llagas, de rodillas.)

Rosambuco   ¿Tantos

	favores haces, mi Dios a aqueste humilde gusano?	
Guardián	Todos los cielos parece que agora se han trasladado a este templo.	3255
Pedro	¡Qué armonía tan extranjera!	
Conde	¡Qué rayos tan forasteros del Sol!	
Catalina	¡Válgame Diosa, qué pasmo!	3260
Rosambuco	Señor, con esta merced encomiendo en vuestras manos mi espíritu, recibidle, volviendo a un negro tan blanco.	
Mortero	Todos piensan que a la gloria con fray Benito nos vamos. Padre, no me deje acá.	3265
Guardián	Calle, fray Mortero.	
Mortero	Callo.	
Guardián	Ya dio el espíritu a Dios el negro del mejor amo.	3270
Pedro	¡Conde!	
Conde	¿Don Pedro?	

Pedro   Los dos
juntos a Palermo vamos
a contar este suceso
y a presentarnos.

Conde   Los brazos
vuelvo a daros otra vez   3275
por amigo y por hermano.

Pedro   Y aquí acaba la comedia,
pidiéndoos perdón, senado,
de los yerros que tuviere
el negro del mejor amo.   3280

Fin de la comedia

Libros a la carta

A la carta es un servicio especializado para
empresas,
librerías,
bibliotecas,
editoriales
y centros de enseñanza;
y permite confeccionar libros que, por su formato y concepción, sirven a los propósitos más específicos de estas instituciones.

Las empresas nos encargan ediciones personalizadas para marketing editorial o para regalos institucionales. Y los interesados solicitan, a título personal, ediciones antiguas, o no disponibles en el mercado; y las acompañan con notas y comentarios críticos.

Las ediciones tienen como apoyo un libro de estilo con todo tipo de referencias sobre los criterios de tratamiento tipográfico aplicados a nuestros libros que puede ser consultado en Linkgua-ediciones.com.

Linkgua edita por encargo diferentes versiones de una misma obra con distintos tratamientos ortotipográficos (actualizaciones de carácter divulgativo de un clásico, o versiones estrictamente fieles a la edición original de referencia).

Este servicio de ediciones a la carta le permitirá, si usted se dedica a la enseñanza, tener una forma de hacer pública su interpretación de un texto y, sobre una versión digitalizada «base», usted podrá introducir interpretaciones del texto fuente. Es un tópico que los profesores denuncien en clase los desmanes de una edición, o vayan comentando errores de interpretación de un texto y esta es una solución útil a esa necesidad del mundo académico.

Asimismo publicamos de manera sistemática, en un mismo catálogo, tesis doctorales y actas de congresos académicos, que son distribuidas a través de nuestra Web.

El servicio de «libros a la carta» funciona de dos formas.

1. Tenemos un fondo de libros digitalizados que usted puede personalizar en tiradas de al menos cinco ejemplares. Estas personalizaciones pueden ser de todo tipo: añadir notas de clase para uso de un grupo de estudiantes, introducir logos corporativos para uso con fines de marketing empresarial, etc. etc.

2. Buscamos libros descatalogados de otras editoriales y los reeditamos en tiradas cortas a petición de un cliente.